有爱的青春陪伴者

图书在版编目（CIP）数据

误闯君心 / 笺歌著. -- 南京：江苏凤凰文艺出版社，2022.10
ISBN 978-7-5594-7168-0

Ⅰ.①误… Ⅱ.①笺… Ⅲ.①言情小说-中国-当代 Ⅳ.①I247.5

中国版本图书馆CIP数据核字(2022)第164791号

误闯君心

笺歌 著

责任编辑	王昕宁
特约编辑	张 磊　迟 暮
责任校对	言 一
出版发行	江苏凤凰文艺出版社
	南京市中央路165号，邮编：210009
网　　址	http://www.jswenyi.com
印　　刷	长沙鸿发印务实业有限公司
开　　本	880mm×1230mm　1/32
印　　张	8.5
字　　数	166千字
版　　次	2022年10月第1版
印　　次	2022年10月第1次印刷
书　　号	ISBN 978-7-5594-7168-0
定　　价	39.80元

江苏凤凰文艺版图书凡印刷、装订错误，可向出版社调换，联系电话025-83280257

目录

第一章 ◆ 001
误把皇上踹下水

第二章 ◆ 026
医心医馆初有成

第三章 ◆ 048
侍寝有点难为人

第四章 ◆ 072
恰逢意气风发时

第五章 ◆ 096
怎奈好心办坏事

第六章 ◆ 119
无心插柳柳成荫

目录

第七章 ◆ 142
偷溜出宫一日游

第八章 ◆ 165
昔年往事已成风

第九章 ◆ 188
以身相许要不要

第十章 ◆ 210
奉命假孕心忐忑

第十一章 ◆ 234
此生有你才刚好

第一章

误把皇上踹下水

进宫三个月，娄鸾鸾不幸锒铛入狱，入的还是天牢。

缘由甚是简单，她误将当朝皇帝景霄踹下了湖，景霄一怒之下将她打入天牢。

当娄鸾鸾正伤春悲秋时，景霄的贴身太监陈公公前来宣旨，景霄念她是初犯，对她从宽处理，只可惜死罪可免，活罪难逃，景霄罚她在自己宫中禁足一个月。

跪受圣旨后，在娄鸾鸾再三哀求下，景霄终于肯见她一面。

正值仲春，御花园百花争艳，娄鸾鸾走在后头，一路春光潋滟，雕梁画栋，亭台楼阁无一不精致。

天空澄澈如洗，几只鸟儿扑簌簌地飞过，她仰头看了一会儿，深吸口气，跟上前方陈公公的脚步。

此时，含凉殿中，头戴紫金冠、身着镏金黑袍的皇帝景霄正端坐于案几前，时不时望一眼外头，连墨水滴脏干净的宣纸都未发现。墨汁洇染，慢慢散开，像极了他此时忐忑不安的心境。

随着外头渐行渐近的脚步声，景霄回过神来，将纸揉成一团，

随手一抛，随后整了整衣冠，恢复淡定清冷的模样。

不过片刻工夫，一个身穿粉色长裙的女子款款地朝大殿走来。

下一刻，她被含凉殿高高的门槛绊了一个趔趄，好在她眼疾手快扶住一旁的门框，避免了一出五体投地的"惨剧"。

她惊魂未定之时，忽闻上方传来一声轻笑。这殿内并无他人，除了当今皇帝景霄，还会有谁？

娄鸾鸾正了正脸色，默默腹诽，笑就笑呗，作为一个妃子，肩不能扛，手不能提，如果她的"糗事"能让皇帝开怀一笑，继而原谅她之前的大逆不道，倒也算是一桩好买卖。

在娄鸾鸾抬头之时，景霄及时止住笑，恢复了一本正经的模样，只是眸底依旧残留着几分笑意。

都说当朝皇帝端的是天人之姿，此话不假，景霄生得凤眸薄唇，鼻如悬胆，上天不会特别优待一个人，哪有人能够才貌兼具还出身高贵？他却打破了这一常规，既长得让人过目不忘，还拥有一身本事，能骑善射不说，诗词歌赋也是信手拈来，还精通治世之道。娄鸾鸾进宫之前，她的爷爷，也就是景霄的老师——娄太傅，时常将他的得意门生挂在嘴边，每日晨起念一遍，午间念一遍，睡前念一遍。

听得多了，她无意间将这名字牢牢记在心中。

何况，她和这位少年天子，当年还有一些说不清道不明的纠葛。不过五年过去，他已成为一国之君，估摸着早已忘了当年的事情了。

罢了，当年之事，不提也罢，他若记着，对她来说并非是一件好事。

娄鸾鸾收回心底乱七八糟的思绪，跪下请安："臣妾拜见皇上。"

"免礼。"景霄开口。

"谢皇上。"娄鸾鸾叩谢，却并未起身，依旧直挺挺地跪在地上。

景霄眼底闪过一丝意味不明的光芒："我不是说了免礼吗？你这样跪着是有什么不满吗？"

娄鸾鸾咬唇，她将当朝皇帝踹下湖，若要仔细追究，她可是犯了"弑君之罪"，一条小命保不住不说还会累及家族，好在景霄看在她爷爷的面子上，饶她一命。只是死罪可免，活罪难逃，她得到的惩罚就是禁足一个月外加抄《礼记》三百遍。

三百遍不是小数目，娄鸾鸾听闻后，痛心疾首。

不过，她目前担忧的是禁足。若从前禁足，她大不了就在宫里吃喝睡一个月而已，只是当下她有一事，若是被禁足就有些难办了。

于是，她说道："鸾鸾感谢圣上的不杀之恩，只是……"

"只是什么？"景霄好整以暇地问道。

娄鸾鸾为勾起他的好奇心，故意支支吾吾。果然，景霄着了她的道："你但说无妨。"

这可是你说的！娄鸾鸾心中一喜，嘴角勾起一抹得逞的笑意，下一刻便敛下，轻咳一声，低眉顺眼道："丁嫔犯有迷症，我是她的主治大夫，现在正是治疗的关键时刻，所以……"

"迷症？"景霄顿了顿，剑眉轻蹙，"那不是不治之症吗？"

"非也。"娄鸾鸾解释道,"世人都以为迷症无药可治,实际上是对此病症的严重误会,只要对症下药,此病就可治,而且不会再复发。"

景霄凤眸微敛,故意道:"你是视宫中御医为无物吗?丁嫔是后宫嫔妃,身患奇疾应该交由御医医治,而你为什么要劳心费力?"

娄鸾鸾心中暗自叹息,他这是变着法说她是在"狗拿耗子,多管闲事"吗?

的确,宫中嫔妃身体有恙,当然是由御医负责医治,可现在丁嫔的迷症已经让御医们束手无策,作为丁嫔的好姐妹,她难道不该伸出援助之手吗?何况,她明明可以治好丁嫔的迷症,这只是时间问题罢了。

于是,娄鸾鸾不卑不亢道:"我并非多管闲事,其一,丁嫔同我关系匪浅,我也不忍看她日日被迷症所折磨;其二,当下御医无法医治,而我既然有法子,试总比不试的好。"

景霄轻轻地摇摇头,这小妮子果然伶牙俐齿,看似低眉顺眼、唯唯诺诺,实际上句句有理,她果然还和从前一样,无论何时何地都不愿落于下风。

思及此,景霄斟酌一番:"既然你言辞恳切,说得头头是道,那我便允你……"

"谢皇上。"娄鸾鸾松了口气。

"不过……"景霄话锋一转,眸子微眯,"治好丁嫔的迷症之后,你依然需要禁足，且三百遍《礼记》不可不抄。"

　　景霄说完，仔细盯着娄鸾鸾，果然见她肩膀微微一塌。若她是只兔子，这会儿一定是耷拉着耳朵的。想到这里，景霄心情大好，过去他在太傅府休养的那段时日，他日日吃瘪，如今，也让她体会一下百口莫辩且无力反抗的心情。

　　景霄修长的手指叩了叩案几，丝毫不承认自己"幼稚"。

　　娄鸾鸾在回晨曦宫的路上，见到丁嫔等人正在院子里边吃糕点边谈笑，完全不在意她刚刚在鬼门关绕了一圈。

　　娄鸾鸾叹息一声，进了寝殿，将自己裹在被子中伤怀。

　　不久后，丁嫔进来看她。

　　丁嫔是娄鸾鸾的第一个病人，年方十八的她毕生之志便是吃遍大江南北，可惜一朝进宫，此生难得夙愿。

　　现在娄鸾鸾的愿望便是做个悬壶济世的心病大夫，别人治病，她医心。

　　后宫女人多，是非也多，心病更多，她经常看到一些嫔妃对月长叹，黯然神伤，这是心有郁结而不得解。

　　久而久之，这些嫔妃便会食欲不振、辗转难眠，然后油尽灯枯，香消玉殒。作为一个志在四方的心病大夫，娄鸾鸾觉得自己有必要拯救她们于水火之中。

　　她在晨曦宫开设了医馆，专门帮后宫女子纾解心情，但来的人

少之又少，连丁嫔都是被她"骗"来的。毕竟，谁没事干愿意承认自己有病呢？

丁嫔的迷症，俗称梦游。这是一种常见的心病，病人平时与常人无异，发作时夜半起身，十分吓人，发作时长为半个时辰到两三个时辰不等，翌日醒来会忘记一切。

娄鸢鸢用了不少美食，才骗丁嫔说出当年的事情。丁嫔的迷症源于十岁那年，她的胞弟丁晟落水，而她不通水性，只能眼睁睁地看着弟弟在水里扑腾。后来弟弟虽然被救上来，她却因此生了梦魇。

娄鸢鸢根据师父传授的方法为丁嫔治病，可惜收效甚微。

治病讲究治本，丁嫔的梦魇源于未能救落水的胞弟，如果能重现当年之事，改变结局，或许对她的病有所帮助。

思及此，娄鸢鸢心里有了计较，她豪气地拍了拍桌子，对坐在旁边的丁嫔说道："丁妹妹，从明日开始，我教你熟悉水性。"

丁嫔愣了下，一脸委屈："我不要，我最怕水了。"

娄鸢鸢循循善诱："来日我的医馆盈利了，咱们五五分账。"

丁嫔思虑再三，最终同意。

翌日，娄鸢鸢便带丁嫔去邰玉池熟悉水性，可惜丁嫔总有各种理由遁走，弄得娄鸢鸢无奈至极。看着又要跑的丁嫔，娄鸢鸢咬牙切齿："丁妹妹，你这是在逃避吗？"

"不是的姐姐，我昨夜吃坏肚子了，容我去更衣一番，一个时辰后见。"丁嫔脚底抹油狂奔而去，一个时辰后也迟迟不见人影。

不久后,娄鸾鸾见景霄正朝邰玉池而来,她来不及上岸,当机立断憋了一口气,沉入水中。她想着他不过路过,自己还能憋个半盏茶工夫。

透过水面,娄鸾鸾看到景霄负手而立,静静地凝望远方,她暗暗苦恼,也不知他会停留多久。

半盏茶工夫后,景霄仍未离开,娄鸾鸾却憋不住了,"咕咚"一声,一串水泡从池底冒出。

景霄收回望向远处的目光,嘴角几不可闻地翘了翘,旋即敛下,心道:果然憋不住了。

娄鸾鸾委实憋不住了,倏地冒出水面爬上岸,下一刻,便见一支利箭直直地朝自己的眉心而来。

感受到凌厉的箭风,景霄神色一凛,眼疾手快地护住娄鸾鸾,抱着她纵身一滚。夹着雷霆之势的利箭擦着他们头顶而过,"噗"地落入水中,再无声息。

景霄一手垫在娄鸾鸾脑后,一手紧紧揽着她的细腰,娄鸾鸾惊魂未定:"有刺客。"

景霄确认周围再无危险后,起身走到利箭飞来的方向。娄鸾鸾顿了顿,亦步亦趋地跟了上去。

"有什么发现吗?"她问。

景霄紧皱的眉略松了松,他摇摇头,沉声道:"没有。"

"刺客是怎么混入宫中,又是怎么逃过重重御林军的眼睛?"

娄鸾鸾小脸微沉,刚才若不是景霄反应迅速,她这条小命就要交待在邰玉池了。

景霄看着娄鸾鸾问:"你不怕?"

换作寻常女子,经历这一幕怕是吓得吱哇乱叫,而她还能冷静下来分析缘由。

"怕。"娄鸾鸾实话实说,"怕得要命。"

景霄环顾一圈,最终目光落在她身上。许是浸了水,她身上的衣裳紧贴身体,勾勒出玲珑曲线。他顿觉喉咙干涩,耳郭微红,忙移开视线,故作镇定道:"你在这里做什么?"

娄鸾鸾双手挡在胸前,忙解释:"我在这里教丁嫔熟悉水性,丁嫔更衣去了,我无聊练习憋气,结果你来了……"

她的话音还未落下,只觉眼前一黑。她一惊,手忙脚乱地扯下套在头上的外袍。

下一刻,景霄负手而立,低声道:"你先穿着,跟我来。"说着,他率先往前走去,步伐迈得又快又急。

外袍留有余温,娄鸾鸾犹豫了下还是裹紧。可惜外袍太大,她走起路来磕磕碰碰。景霄走出很远,见她还在原地踏步,几步行至她面前。

"我……"她正想解释,下一刻身体一轻,景霄一把抱起她。

娄鸾鸾用眼神询问他,为什么抱她?

景霄不说话,轻轻地横了她一眼:"你走得太慢了。"

娄鸾鸾一阵腹诽,明明是你走太快了,但她不敢这么反驳,只好破罐破摔,安静地窝在景霄的怀里。宫中人多口杂,为避免被有心之人看到,她将脑袋埋在他的怀里。

景霄抱着娄鸾鸾旁若无人地行至含凉殿,到了内殿,他将她往龙床上一放。景霄的贴身太监陈公公见此,忙拿了外袍要为他披上。

景霄淡淡道:"你下去,她来。"

陈公公意味深长地看了一眼娄鸾鸾,恭敬退下。

被"点名"的娄鸾鸾爬下龙床,三步并作两步行至景霄面前,拿过屏风上的外袍,伺候他更衣。

景霄身形修长高大,而娄鸾鸾身材娇小,她努力了半天,依旧够不到他的肩膀。见此,他揽着她的腰肢往上一提,低头望着她,声音不自觉放低:"快点。"

娄鸾鸾忍住内心的异样,战战兢兢地给他穿好外袍。

终于替他整理好衣裳,娄鸾鸾松了口气,转身欲逃,却被景霄伸手拦住:"衣带没系好,做事不可半途而废。"

娄鸾鸾面色一红,进宫后,管事嬷嬷教过这些,包括帮皇上更衣。不过自她进宫以来,并未侍奉过他,久而久之,她早将这些事情忘得一干二净。

加上方才受了惊吓,她到现在还未回过神来,好在景霄并未怪罪于她,否则她更衣都更不好,怎么做一个"称职"的妃子。

即便如此,初次与男子"亲密接触",她还是万分害羞,只能

010

双手小心翼翼地环住他的腰肢。

他的腰肢劲瘦修长,身上带着淡淡的檀香,娄鸾鸾的指尖不小心触碰到他,吓得赶忙收回。

景霄垂眸看着她,神色阴晴不明,恰逢她抬头,透过那双翦水秋眸,他的思绪飘远,时光仿佛回到五年前。

那一年,景霄不过束发年纪,还未被立为太子,但他的父皇已经暗示他可登门拜访已经不问世事的娄太傅。

娄太傅祖上三代皆为帝王师,名望颇高,当年连太上皇都要敬他几分。如今,娄太傅虽年过古稀,但依旧精神矍铄。

景霄寻了个佳时登门拜访,也是那时,他第一次遇见娄鸾鸾,不比话本中的风花雪月,他们的初见简直混乱。

彼时,他被管家领着穿过回廊,经过一棵树下,落英缤纷中,他抬头望去,就看见一个粉裙少女立在树上,好奇地望着他。

金色光芒透过树间缝隙落下,他仰着头,任凭花瓣落在自己发上、肩上。逆光的那一刻,他仿佛看到九天神女。

"你是谁?"粉裙少女疑惑地看着景霄。

他还未回答,一旁的管家早已大惊失色:"哎呀,我的小祖宗,你怎么又爬到树上去了?赶快下来,不不不,你好好站着,我去找梯子。"

管家风风火火离开,被"落下"的景霄并不识路,只好站在原地等候。

他仰头看着粉裙少女,出于好心问道:"你站在上面不害怕吗?"

"有什么好怕的,我还爬过更高的地方,这点高度对我来说不在话下……"粉裙少女自顾自说着,全然没注意一旁蹿出来的小蛇,当他想提醒却早已来不及。眼见那条小蛇就要咬到她,他想也未想,捡起一块石头,精准地朝小蛇砸去。

小蛇被砸得身子一软,"啪嗒"一声掉落在地,扭动了几下身子便一动不动了。

"好厉害。"粉裙少女瞠目结舌,片刻敬佩地看向他。

"我叫娄鸢鸢。"粉裙少女微微一笑,"我们能做朋友吗?"

朋友?景霄沉默,作为皇子,他自幼被灌输的理念只有君臣,并无朋友。可看着娄鸢鸢那双澄澈干净且毫无城府的水眸,他竟然点了点头。

娄鸢鸢欣喜非常,想从树上下来,结果脚一滑,径直往下栽去。

事情发生得太过突然,等景霄反应过来,两人已双双跌倒在地。花瓣落了一身,头顶鸟鸣清脆,他胸口上趴着惊魂未定的娄鸢鸢,吐纳之余,他的鼻息之间全是少女身上芬芳的气息。

回过神来,娄鸢鸢手忙脚乱地从他身上爬起:"对不起,我不是故意的。"

她一动,景霄闷哼一声:"你别动。"

见他眉头紧皱,冷汗直流,娄鸢鸢心里"咯噔"一声,小心翼翼地询问他:"我是不是砸到你哪儿了?"一边说,一边小心翼翼地触碰他,惹得他倒抽一口凉气。

"别碰我。"他皱着眉,忍痛道。

娄鸾鸾看着景霄逐渐转白的俊颜,不由得心急如焚。视线往下移去,见他蜷缩着左腿,下意识咽了咽口水,她莫不是将他的骨头砸断了?

她正想着,管家从远处奔来,见此情景当机立断,忙叫人抬走景霄。

景霄被人抬到东厢房,娄鸾鸾亦步亦趋地跟在众人身后,连她爷爷也来了。大夫进进出出,她忐忑不安地站在窗外往屋内望去,可门窗紧闭,她什么都看不到。

不知过了多久,见众人离去,她蹑手蹑脚地进了厢房。

屋内榻上躺着身材修长、面庞如玉的少年,此时正微合双眸。听到声响,他倏然睁开眼,一双深邃的黑眸静静地盯着她。

娄鸾鸾下意识地后退一步,小心翼翼地问:"你还好吧?"

景霄抿了抿唇,本因为疼痛不想回答,但视线触上那双我见犹怜的水眸,心还是软了三分:"我没事。"

娄鸾鸾松了口气:"没事就好,否则我该对你负责了。"

闻言,景霄好整以暇地看着她:"负责,你想怎么对我负责?"

娄鸾鸾张了张口,她的贴身丫鬟宝儿小小年纪特别喜欢看话本,连带着她也迷上了。纵观话本中,但凡男女牵连,负起责来多半就是以身相许。

"咳咳……"娄鸢鸢轻咳一声,"我压伤了你,在你伤痛不能动弹期间,我可以为你做一切事情,你只管吩咐便是。"

景霄莞尔一笑,如三月桃花灼灼:"这可是你说的。"

可惜,娄鸢鸢转眼间便忘了承诺,再后来景霄便回了宫,直至五年后他们才再次相见。

正是那一年,他认识了娄鸢鸢;也在那一年,他因被她压断腿在床上躺了整整三个月。

"好了。"娄鸢鸢往后退了一步。

景霄收回思绪,见娄鸢鸢乖巧地立在一旁,湿发披散肩头,一张小脸白皙如玉,小巧的鼻,淡粉的薄唇,和那年的她相比,似乎又明媚了几分。

他收回视线,喉结动了动,神色已恢复如常:"今天发生的事情,不要与任何人提起,知道吗?"

娄鸢鸢点头,当今皇帝被"刺杀"这种事委实严重,何况能在守卫森严的宫内堂而皇之地刺杀皇帝,对方肯定不是什么善茬。

景霄点点头:"你可以退下了。"

娄鸢鸢巴不得赶紧离开,立马提着湿漉漉的裙摆准备走。她还未走远,景霄低沉的声音从她身后徐徐传来:"你就打算这样回去?"

娄鸢鸢低头看了一眼自己的模样,尴尬一笑。她身为皇上的

014

妃子，虽然不受宠，但要是这副模样在皇宫绕一圈，明日肯定会成为宫中笑谈。

她视线扫了一圈四周，目光落在站在寝殿外的小太监身上，微微一笑，纤纤玉指指了指对方："我可以穿这套。"

景霄面色一黑。

半盏茶工夫后，娄鸾鸾穿着太监服从里间走出。她身材娇小，模样俊俏，将头发绾起塞进帽子中，除了身板瘦小了些，倒还真像一个小太监。

景霄上下打量她片刻，淡淡道："你这模样，倒还真有几分像小太监。"

娄鸾鸾笑容微僵，也不知道他这话是在夸她，还是在骂她？姑且当作在夸她吧。

景霄道："你可以走了。"

"是。"娄鸾鸾穿着太监服行了个妃子礼。

景霄忍住抚额的冲动："别穿着这身衣裳给我行这种礼节。"

娄鸾鸾叹息一声，心道，您这九五至尊还真难伺候，手上的动作却未停，甩了甩宽大的袖子，学着太监行礼的姿势，清脆说道："是。"

景霄一阵无言，自那年一别，他伤好后便被立为太子。而后父皇病重离去，朝内朝外乱成一团，他登基后攘外又安内，五年匆匆而过，等朝局稳定，他便想起娄鸾鸾。恰好太后明里暗里暗示他选妃，一众秀女中，他一眼看到了娄鸢鸢的名字。

五年后，景霄坐在含凉殿中，提笔为娄鸢鸢拟封号——晨妃。

娄鸢鸢像一抹晨曦，温柔地闯进了他的心中。

只可惜，他一直记得她，她却似乎忘了他，可真是一个没有良心的丫头。

因为气怒，也因为政务繁忙，即便她进宫三个月了，他也未曾踏入晨曦宫。直到那日她误将他踹下水，为了让她长点教训，他将她关在牢里。

即便只关了娄鸢鸢不到一天，他仍是坐立不安，生怕她伤风或者伤心。

"罢了，朕陪你回去。"景霄淡淡道。

"啊？"娄鸢鸢一时之间没回过神来，张着嘴吃惊片刻。意识到自己不妥的动作后，她立马敛了神色，心里腹诽，本来我一个"小太监"走在路上无人问津，你要是送我，不是更招人耳目吗？

可惜给她十个胆子，她也不敢拒绝景霄的好意，只好微笑道："那我……恭敬不如从命。"

"走吧。"景霄走在前方。

娄鸢鸢看着他高大挺拔的背影片刻，亦步亦趋地跟上。

春意正浓，御花园百花盛开，花香扑鼻。景霄偶尔经过御花园，时常看到各宫妃子以各种姿态扑蝶。不过他明白，醉翁之意不在酒，在他身上罢了。

景霄侧头，望向一旁的娄鸾鸾，她正目不斜视地往前走。他微抿唇瓣，他可从未见过娄鸾鸾在御花园扑蝶。

"你在宫中住得可还习惯？"景霄突然问。

娄鸾鸾踌躇几分，斟酌着回答说："还好，还好。"

她可是实话实说，除了进宫第一个月被迫学了许多繁复的礼仪，等教礼仪的管事嬷嬷离开后，她过得如鱼得水。

她最讨厌人多口杂，只留下从娘家带来的丫鬟宝儿和宫里分配的一名太监李友病。

宝儿爱吃，性子也单纯。李友病虽然是太监，但几乎无所不知。她向来也没有一宫之主的架子，平日里与他们一起说笑，不像主仆倒更像朋友。

她也知道这举动并不妥，但在师父长年累月的熏陶之下，她早已觉得"众生平等"。

闻言，景霄剑眉微蹙，神情微凝，他误以为娄鸾鸾明着说好，实则抱怨，当下道："那以后我常来看你。"

完了，她的好日子到头了。

娄鸾鸾的心在滴血，却只能强颜欢笑："虽然说您能来看我，是我三生修来的福气，但与国家相比，还是朝政要紧些，我怎能分散您的精力。"

景霄挑眉："怎么，你不希望看到朕？"

不希望！她可不想哪一天和宝儿、李友病不顾身份玩闹的时候，景霄不请自来，她可不想再被关进牢里。

"怎么会？"娄鸾鸾笑得脸都僵了。

好不容易回到晨曦宫，娄鸾鸾松了口气。

这段时间，为了治疗丁嫔的迷症，娄鸾鸾便要她在晨曦宫住下。

路上丁嫔碰到回去的景霄，万分好奇："姐姐，刚刚皇上来你这儿了？"

"嗯。"娄鸾鸾心事重重地点了点头。

自娄鸾鸾进宫之后，她一直履行三件事：吃好、玩好、低调。别的妃子想方设法获得景霄的青睐，可她相反，她恨不得离他越远越好，让他彻底忘了她这个晨妃的存在。不为其他，从进宫那一刻开始，她便觉得自己不属于这里，她想，或许有朝一日自己还能重获自由，离开这牢笼一般的皇宫。

结果，她辛辛苦苦多日维系的低调，因为那一脚荡然无存了。能将皇帝踹下湖的，从古至今唯她一枝独秀了，今后要想安安分分过日子，怕是奢望了。

这些话，她未与任何人提起，连宝儿都不知晓。

"对了姐姐，宝儿呢？"丁嫔搓搓手问。

娄鸾鸾收回思绪，对上丁嫔探寻的目光："宝儿这两天伤了手，不能做菜了。"

为了引诱丁嫔说出当年的梦魇，搞清迷症的根源，她只好咬牙牺牲宝儿，让宝儿做菜"诱惑"丁嫔。宝儿能吃，更是做得一手好菜。

最近宝儿被丁嫔缠怕了，一看到她，宝儿二话不说逃得远远的。

闻言，丁嫔失望地垂下眼眸："这样啊，可惜了。"

娄鸳鸳拍了拍她的肩膀，安慰道："你可以吃御膳房做的饭菜。"

丁嫔撇了撇嘴："御膳房做的菜哪有宝儿做得好吃，姐姐，咱们商量下，要不，我把我美丽、可爱、勤劳、能说会道、嘴儿抹蜜一样的翠儿送给你，你把宝儿送给我？"

娄鸳鸳皮笑肉不笑地捏了捏丁嫔的小圆脸："妹妹，她们可不是物件。"而且，以丁嫔饕餮一般的胃口，她生怕宝儿累死在厨房。

三日后，景霄召见娄鸳鸳。

娄鸳鸳刚到含凉殿门外，陈公公便迎了上来："晨妃娘娘安好。"

"陈公公，皇上召我所为何事？"她接到皇上口谕，来含凉殿的路上心里一直打鼓，心想，自己这几日安分守己，不知道景霄传唤自己所为何事，是因为丁嫔的事情吗？

"娘娘进去就明白了，这边请。"陈公公一脸慈祥。

"麻烦陈公公了。"娄鸳鸳不疑有他，踏步而进。到了内殿不见景霄，却见一道屏风遮着，屏风后若隐若现一个美男沐浴。

能在这里沐浴的，除了当朝皇帝景霄还能有谁？陈公公你莫不是坑我？娄鸳鸳镇定了片刻，哆哆嗦嗦道："不知皇上在沐浴，叨扰了，我现在就走。"

"慢着。"屏风那端的景霄优哉游哉道，"既然来了，服侍朕更衣吧。"

娄鸾鸾往外迈的步伐一僵,欲哭无泪地转过身。

退无可退,娄鸾鸾含泪拿起一旁的锦帕,战战兢兢地替景霄擦身。

"不用紧张。"景霄开口,声音又沉又懒,自带一股魅人气息。

娄鸾鸾指尖微颤,表面强作镇定,实际上内心慌乱无比。擦着擦着,娄鸾鸾不禁被他身上那些横七竖八的疤痕所吸引。

有些疤痕很浅,有些疤痕却分外狰狞,后背有一条疤痕从肩膀延伸至中腰,看着触目惊心。不知不觉,她的指尖碰了碰他背上的伤疤。

景霄一颤,浑身肌肉紧绷:"做什么?"

"您后背这些伤是怎么来的?"娄鸾鸾分外好奇。这一刀下去,换作是她,早就没命了。

"两年前我们云兴国与边境周国交战,误入敌人圈套,被砍了一刀。"他说得云淡风轻,娄鸾鸾却听得心惊胆战。她以为皇帝便是天之骄子,原来他也过过金戈铁马的日子。

"皇上福大命大,神灵保佑,谁也伤不了您。"娄鸾鸾真心诚意道。

景霄愣了下,侧头望向她,她正低着头,仔仔细细地擦拭他伤疤上的水珠。

他垂眸,轻声问:"你不是说给丁嫔治迷症,效果如何?"

020

说到丁嫔，娄鸾鸾哭丧着脸："丁嫔被梦魇纠缠已久，臣妾用了许多办法都不管用。"

"梦魇？"景霄好奇，"是什么样的梦魇？"

"丁嫔幼时曾看着胞弟落水却无可奈何，所以她耿耿于怀，夜半时分便常常一动不动地站在湖边。因此臣妾想，如果能重现当时的情景，也许对丁嫔的病症有所帮助……"

景霄一边听着她的喋喋不休，一边闭眼享受她的伺候。

娄鸾鸾伺候景霄更衣，一回生二回熟，她没第一次那般手忙脚乱，景霄十分满意。

整理好衣裳，景霄轻声道："你和我一起用晚膳。"

娄鸾鸾欲哭无泪，所以你大张旗鼓地宣我过来，就是为了一起用膳？她默默腹诽，和皇帝一起用膳，自己怎么吃得饱哟。

景霄屏退宫人，扫了一眼桌上的菜，对娄鸾鸾道："替朕布菜。"

"是。"娄鸾鸾低声应答。

在她宫中可没有布菜一说，她和宝儿、李友病吃饭时都是互相争抢的，他们晨曦宫饭桌上讲究的是，胜者为王，败者……饿肚子。

景霄视线轻轻一扫，娄鸾鸾顺着他的视线望去，夹了一只水晶虾仁放进他的盘中。

布菜时，娄鸾鸾并不能吃饭，她看着一桌色香味俱全的美食，纵然垂涎三尺也要视而不见，忍耐得万分辛苦。

瞧见她这副"馋猫"模样，景霄忍俊不禁，却还要端着帝王的规矩,沉声道:"你自己吃吧。"

一听这话,娄鸾鸾喜上眉梢,起身谢恩:"谢皇上。"

许是喜悦过度,娄鸾鸾起身时不慎踩到裙摆,扑腾着撞向景霄,后者眼疾手快地扶住她。两人双双跌在地上,景霄下意识护住她的脑袋,就地滚了一圈。

一直候在门口的陈公公听到屋内动静,忙进来一看。等看到纠缠在地的二人时,他老脸一红,小心翼翼地退下。

皇上当真是血气方刚啊,晚膳都还没用就迫不及待了?

屋内,娄鸾鸾一动不动地趴在景霄身上。虽不是第一次与他近距离接触,甚至她都"轻薄"过他了,可再一看,她还是被这张绝美的面庞吸引了目光。世人都好美色,她俗人一个也不例外,景霄生得唇红齿白、面若冠玉,当真是天人之姿,可惜她也仅该欣赏而已。

"你还想压在朕身上多久?"景霄眸色若茶。

闻言,娄鸾鸾一骨碌爬起,情急之下撞到某处,景霄俊脸一黑,闷哼一声:"娄鸾鸾。"

娄鸾鸾低眉顺眼地道歉:"我错了,对不起。"

那双白皙小手在他身上四处作乱,景霄眸子越发深沉,一把抓住她的手腕,轻轻一扯,反客为主地将她压在身下。他一手撑着地,俯身靠近她:"娄鸾鸾,你别得寸进尺。"

"上次在蓬莱湖边……"他靠近她耳边,哑声道,"你轻薄我,如今又对我左摸右抱,你究竟想对我做什么?"

022

冤枉啊！娄鸳鸳猛咽口水："上、上次我是给您渡气，和轻薄沾不上半点关系，您千万别误会。"

"对我没有非分之想？"景霄沉眸敛眉，神色不悦，"那么你的意思是讨厌我了？"

娄鸳鸳义正词严地反驳："您英明神武，在您的治理下，云兴国国力强盛，百姓丰衣足食，连路边的乞丐都有钱娶老婆了。臣妾对您的敬仰犹如滔滔江水，绵延不绝……"

她说的真假参半，自景霄登基以来，云兴国的确一扫颓势，百姓们再也不用流离失所，陷于战乱。她爹经常在她面前夸赞这位天之骄子，说景霄三岁能吟诗，五岁能作词，十五岁便能骑马杀敌。虽然夸张成分大了些，但如今看他身上的累累伤痕，他这条帝王之路的确走得很辛苦。

景霄轻笑，不再逗她，翻身而起。

见他退开，娄鸳鸳一骨碌爬起，正要逃走，便听景霄道："上次让你抄写的《礼记》抄好了吗？"

她全忘了！

"抄、抄好了。"娄鸳鸳笑得乖巧无比。

"好。"景霄点头，"明日我便去晨曦宫检查你的成果。"

娄鸳鸳的心再一次泣血，悲摧啊。

一回晨曦宫，娄鸳鸳将睡梦中的宝儿、李友病、丁嫔等人从香甜的被窝中挖出来，让他们帮忙一起抄写《礼记》。

丁嫔连打哈欠:"三百遍我们几个抄到明天都抄不完,姐姐你就让我回去睡觉吧。"

娄鸾鸾奋笔疾书,眼皮也不抬地威胁她:"好啊,那你把在我这里吃的东西都吐出来。"

丁嫔不服:"姐姐你好恶心。"

挑灯夜战半宿,丁嫔累得睡着了。卯时一到,丁嫔突然"诈尸"起身,若不是娄鸾鸾"身经百战",早被她吓得灵魂出窍。

和往常一样,丁嫔跨越重重阻碍,准确无误地来到蓬莱湖边,站了小半个时辰才转身,径直回到她自己的羽萱宫。

娄鸾鸾跟着丁嫔回到羽萱宫,和翠儿一起帮她脱了外衣,盖好被子。做好一切,娄鸾鸾正要走,翠儿却忍不住啜泣。

"翠儿,你怎么了?"娄鸾鸾问。

"娘娘太可怜了,一直被这迷症所困扰,就没睡过几个安稳觉。晨妃娘娘,请您一定要帮帮我们娘娘。"翠儿道。

娄鸾鸾拍拍她的肩膀:"会的,你放心。"

翌日午后,景霄果然来了。他今日穿了一袭鸦青色衣裳,褪去满身威严,倒有几分"陌上人如玉,公子世无双"的出尘气质。

李友病和宝儿这是第一次面见圣颜,娄鸾鸾生怕他们说出什么惊天之言,连累她这主子再次银铛入狱,忙将他们屏退。没了他们,娄鸾鸾只能亲自伺候景霄。

024

"请喝茶。"娄鸳鸳倒了一杯热茶递过去。

这是景霄第一次来她的寝殿,屋子里没有多余的摆设,他的目光缓缓扫过,最终落在软榻之上,上方摆着几本书,还有一个果盘。

景霄望着屋子一隅,心底腾起一股暖意,放在膝盖上的手指有一搭没一搭地敲着,这是他心情愉悦之时的小动作。

娄鸳鸳站在他面前,穿着浅绿纱裙,一头长发还未梳成髻,服帖地披散在身后,神色带着三分慵懒五分认真。

不知为何,景霄觉得他们的距离近了几分。

娄鸳鸳顺着他的目光望去,心里暗暗道:该死,忘记叫宝儿将果盘和话本收了,尤其那些话本说的都是民间春花秋月之事,要是被他看到了……

思及此,娄鸳鸳干笑一声,若无其事地走到软榻上,小心翼翼地收起话本。

为避免他看出门道,娄鸳鸳忙递上抄好的《礼记》。景霄回过神,视线落在她手上。

第二章

医心医馆初有成

那双手白皙修长，纤指粉嫩，景霄接过那一沓抄写稿，随意翻了翻，纸上字迹潦草，细看还有许多错字，一看便是着急赶出来的。

他一边翻阅，一边在心中暗笑：这狗刨一般的字迹，和五年前还真是一模一样，半分未变。不知道娄太傅知道自己的孙女依旧"死性不改"，会不会气得吹胡子瞪眼睛。

不过，如果娄太傅生气，这小妮子也只会面不改色心不跳地来一句："俗话说得好，术业有专攻，三百六十行，行行出状元。您孙女我虽不擅长舞文弄墨，但并不代表我一无是处，您说是吗？"

娄鸾鸾什么都不会，就一张巧嘴便能将黑白颠倒，只是现在面对他，她的话好像少了许多。

思及此，景霄有些失落，是因为他们身份的隔阂吗？所以她每次见到自己，都像老鼠见了猫一样？

他一边翻阅抄写稿，一边胡思乱想，娄鸾鸾斟酌了一下说道："皇上，我有一句话，不知道当讲不当讲。"

他抬头看着她，轻声道："但说无妨。"

娄鸾鸾道:"臣妾恳请皇上召丁嫔的弟弟丁大人入宫一趟,治疗丁嫔的迷症需要他帮忙。"

景霄翻阅抄写稿的手顿了顿,旋即正色道:"寻常男眷非召不得踏入后宫一步,你难道不知道吗?"

他说完,不动声色地看着她,心底却暗暗道:虽然宫中规矩森严,但我是皇帝,如果你求我的话……

娄鸾鸾一提裙摆,毫不犹豫地跪下:"我知道后宫嫔妃不能与前朝官员来往,即便是嫔妃的家人也不可。但是此次事出有因,召丁大人入宫是为了给丁嫔治病。如果前朝后宫知道此事的来龙去脉,一定会更加钦佩敬重皇上,所以我恳请皇上同意我的要求。"

景霄张了张唇,为挽回颜面,他敛眸正色:"你话都说到这份上,我如果拒绝,岂不是落人口实?这件事就依了你,不过……"他嘴角微扬,"我可不是随便帮忙的,除非你答应我一个要求。"

翌日下朝后,景霄单独留下丁晟。

丁晟不知他是何意,只好站在原地,低头敛目,静等他吩咐。

景霄走到丁晟面前,围着他走了一圈,才突然问道:"你可熟悉水性?"

闻言,丁晟一头雾水,但还是老老实实地点点头:"回皇上,臣熟悉水性。"不仅熟悉,其实他还想甩出自己"寒潭小白龙"的名号,但这可是在圣上面前,他还是低调一些为好。

028

景霄点点头，又问："你小时候可是掉进湖过？当时可有心理阴影？"

丁晟诚惶诚恐地看着景霄，有些疑惑景霄怎会知道他幼年落水之事，又为何提起此事？是因为不久前，景霄"失足"跌下蓬莱湖的事情吗？

关于此事，宫中人人皆知事情的前因后果，一个嫔妃胆大包天将当今皇帝踹下湖，不过奇怪的是，他并未追究。

难道，皇上是想和自己探讨一下落水之后的所感所想吗？思及此，丁晟思虑一番，说道："其实，那时候臣年纪还小，落水之后只觉得害怕和无助。"

无助？害怕？

景霄的思绪飘远，那一日，他欲去蓬莱湖散散心，还未到，便看到一个身穿白衣的女子一动不动地站在湖边。他出于好奇，上前一探究竟，结果手还没触碰到对方，身后一股力道袭来，等他回过神来，人已经落入冰冷的湖水中。

下一刻，一道纤细的身影跟着跳入湖中，毫不犹豫地拉起他。湖水混浊，他们的发丝纠缠在一起。

他假装昏迷不醒，她立马俯身靠近他……

"皇上，皇上……"丁晟试探性地唤道，怎么说着话，皇上自个儿神思飘远了。而且，为何他脸如此之红？

"咳！"景霄握拳抵唇，轻咳一声，神色恢复淡然，"待会儿你和我去蓬莱湖一趟。"

丁晟虽不知皇上是何意，但还是应下了。

另一端，景霄早已遣太监给娄鸾鸾递了口信，让她带着丁嫔午后来蓬莱湖一叙。

娄鸾鸾会意，不久后拉着丁嫔前去蓬莱湖。

蓬莱湖边春风和煦，花香沁人，娄鸾鸾今日穿着一袭嫩绿色纱裙，行走之间弱柳扶风，倒和这春色交相辉映，自成一番美景。

远远地，景霄便看到了娄鸾鸾。她正与一个体态丰腴的女子说话，眼角眉梢皆是笑意。那笑和见他时全然不同，他盯得出神，便听一旁的丁晟轻咳一声："皇上？"

景霄收回落在娄鸾鸾身上的目光，他身边的公公对着丁晟抱歉一笑："丁大人，得罪了。"话音刚落，他猛地一推丁晟。丁晟诧异地睁大眼睛，下一刻，"扑通"一声，他已落入湖中。

紧接着，就听到陈公公装模作样地喊了一声："来人，丁大人落水了。"

丁晟扑腾了一番，立马稳住，他正委屈着，余光瞥见自己的姐姐丁嫔走来，耳边又听景霄道："快装作溺水的样子。"

丁晟虽然不解景霄的用意，但还是照做，僵硬地扑腾了几下，突然，小时候的记忆涌上脑海。那时候，他因贪玩脚滑落入湖中，吓得胡乱扑腾，而他的二姐站在岸上，吓得面无血色，又哭又叫……

丁晟一边扑腾，一边忆起往事，后来他被人救上来，但二姐却

因此生了病,高烧之后便得了迷症,经常夜半起身,一个人站在府邸的池边,一站就是小半个时辰。

二姐这迷症也是时好时坏,好的时候与寻常人无异,但一旦发作,能让人吓出一身冷汗。

现在,他被皇上"骗"来此处,又被太监推下湖,然后让他演溺水的戏码,只能说明一件事,皇上想让他落水重现当年之事。

丁嫔听到"扑通"一声,吓得直拍心口:"乖乖,吓死我了,这么大的水花,难道是一头猪掉进湖里了?"

娄鸾鸾面色一黑,如果告诉丁嫔,掉下水的是她弟弟,不知道她会不会掌自己的小嘴。

"好像是个人。"娄鸾鸾提醒道。

丁嫔皱眉,极目远眺:"好像是啊,我们过去看看吧。"

等两人走近了,水中的人探出头来,几番挣扎:"二姐,救命!二姐,救救我。"

"三弟?"丁嫔大惊失色,"怎么是你?你怎么又掉进水里了?"

丁晟任劳任怨地演戏,掉下去时呛了几口水,叫得声嘶力竭:"二姐,救我。"

丁嫔看着在水中扑腾的丁晟,眼前不知不觉浮现过去的景象。

那日她与丁晟在湖边嬉戏,他却不慎落入水中,她不会水,只能在岸上徒劳地看着他在水中挣扎,直至气息微弱。她哭天喊地,伸手想拉他上来,他却沉了下去。

"二姐救我。"丁晟又扑腾了一下，沉入水底。

丁嫔如梦初醒，想也未想跳入湖中，水花溅了娄鸢鸢一身。娄鸢鸢紧张地看着湖中，虽然她这段时间日日督促丁嫔熟悉水性，但不确定丁嫔有没有出师。

一只手突然抓住娄鸢鸢，将她扯到一旁，她抬头，撞上景霄安抚的眼神。他说："他们没事，你放心。"

突然，"哗啦啦"一阵水花四溅，丁嫔拉着"不省人事"的丁晟游到岸边。因丁晟实在太过高大，丁嫔拉得有些吃力，小脸憋得通红。

上岸后，丁晟悠悠转醒，眼神迷茫："我这是在哪里？"

"你掉水里了，没事了没事了，别怕别怕，二姐在这儿呢。"丁嫔轻轻拍着他的后背，"别怕，别怕。"

丁晟本是演戏，但见丁嫔这般紧张，眸光一软，声音不自觉放柔："二姐，我没事。"

上岸后，丁嫔脑子逐渐清醒，也明白这不过是一场专门为她准备的戏码。当年三弟落水后便开始熟悉水性，他现在水性颇好，根本不需要她救。

"对不起二弟，姐姐当时没能救你，对不起。"

"不怪你。"丁晟安慰她，"都过去了，我现在不是好好的，你将那些事情全部忘记好吗？"

丁嫔擦了擦眼泪，重重地"嗯"了一声。

自丁嫔从水中救起丁晟后,心中执念已解,梦魇消失,不再夜半起床梦游。娄鸾鸾观察了半个月有余,终于宣布丁嫔痊愈。

丁嫔的迷症治愈后,晨曦宫的医馆又迎来了一个"病人"。来人是许嫔,也是十八岁的年纪,平日很少出门,是后宫中不怎么起眼的一个嫔妃。

许嫔明显有些不安,进门后一直左顾右盼。见她如此,娄鸾鸾温和一笑:"你别紧张,就把这里当作你自己宫中。你放心,你今天说的话我会保密,你不必担心。"

许嫔轻咬唇瓣,我见犹怜:"晨妃姐姐,你真的治好丁嫔姐姐了吗?"

"是的。"娄鸾鸾立马把整个治病经过娓娓道来,听得许嫔一愣一愣的。

娄鸾鸾轻咳一声道:"今日你可以畅所欲言,我一定竭尽所能帮你,而且不会泄露半分。"

许嫔垂眸沉吟片刻,最后怯生生地抬头:"我……我自进宫以来癸水一直不准,吃过御医开的方子也不见好。我已经有两个月未来癸水了,心中甚是着急。"

女子不来癸水原因有三:一身体抱恙;二是有喜;三是心思郁结,影响人体周天。许嫔面色红润,又未曾承欢,加上吃过御医开过的方子仍未见好,娄鸾鸾推测这是心思郁结所致。

虽然宫中御医学识渊博,经验富足,但也并非面面俱到。有些问题并非出自身体,而是心里。心病影响人体周天,这是师父教导她的。

"你可是日日盼望癸水来临?"娄鸾鸾问。

许嫔点点头:"做梦都在期盼,可它总是不来……"

娄鸾鸾明了,越是期盼一样东西来临,身体越反其道而行。她沉吟一番,说道:"从今天开始你忘记自己是女子这件事。"

许嫔一愣:"这是……何意?"

"我的意思是,你别总记挂癸水之事,多去御花园赏花、喂鱼、放纸鸢,心境开阔了,没准癸水便来了。"娄鸾鸾建议。

"真的吗?"许嫔半信半疑。

"不妨一试。"娄鸾鸾胸有成竹。

闻言,许嫔一步三回头地离开了。

许嫔一走,宝儿便迎了上来:"娘娘,这许嫔娘娘是典型的大门不出二门不迈,性子温软得很,您确定她真的会出去散心吗?"

娄鸾鸾撑着下巴笑得有些胜券在握:"这不是还有丁嫔?"

丁嫔性子活泼,有她带着,不怕许嫔不出门。

在这期间,娄鸾鸾让宝儿炖了一些补血养颜的汤,日日送给许嫔。

宝儿不解,娄鸾鸾解释给她听:"许嫔不来癸水的原因,大部分是因为心思深重,太过记挂癸水一事;二则许嫔身形消瘦,前几日丁嫔带着她去放纸鸢,她才跑了几步就累得气喘吁吁,兴许有些体虚。我们给她补补血,内外兼修,她若真听我的话,下个月癸水必定准时。"

034

宝儿张了张唇，接着竖起大拇指："娘娘，您好厉害。"

突然，宝儿叹息一声，一脸苦恼："可是丁嫔娘娘老是抢许嫔娘娘的汤喝，这许嫔娘娘想长肉恐怕有些难。"

娄鸯鸯忆了忆丁嫔逐渐圆润的脸，觉得自己该好好地和她聊一聊。

这一日，娄鸯鸯和丁嫔、许嫔一起去御花园放纸鸢。放到一半，纸鸢线断，悠悠飘远。那是许嫔亲手做的纸鸢，娄鸯鸯再三保证会去捡回。

这一捡，她不小心又看到了景霄。

见他正朝自己走来，娄鸯鸯抓着纸鸢矮下身藏在花丛中，祈祷他快些离开。可惜事与愿违，景霄与上次在邰玉池边一样，一站就是小片刻，娄鸯鸯双腿蹲得发麻，心中埋怨景霄怎么还不离去。

突然，一道清冷的声音自她头顶传来："娄鸯鸯，你还想躲多久？"

娄鸯鸯欲哭无泪，拿着纸鸢颤颤巍巍地起身，结果因蹲得太久脚发麻，身子一歪便向景霄扑去。眼见就要投怀送抱，娄鸯鸯硬生生地拗了回来，结果因为姿势"逆天"扭到腰了。

景霄本要扶她，见她突然呆立不动，一副欲哭无泪的模样，不禁关心地问道："你怎么了？"

娄鸯鸯泪洒衣襟："我好像闪到腰了。"

不久后，含凉殿内殿的龙床上，娄鸢鸢趴在床上泪水涟涟："好疼。"

景霄黑着脸轻斥："安静点。"

娄鸢鸢忍着疼："这样太打扰您了，您让人将我抬回晨曦宫吧。我让宝儿找御医。"

"你都已经打扰了，不必再多此一举，少时我也学过一些岐黄之术，这点小病痛不必麻烦御医。"景霄道。

娄鸢鸢嘴角微抽，难道自己不配召御医吗？做皇帝的，怎可如此小气？但景霄是一国之君，他说什么便是什么，她作为妃子，哪还说得上话。

"那我先谢过皇上了。"娄鸢鸢说道。

景霄敛下凤眸，沉声道："可能会有点疼，你忍着。"

有点疼是多疼？

娄鸢鸢正想问，下一刻，剧烈的痛感划过天灵盖，她惨叫一声，景霄一把捂住她的嘴巴，轻斥："叫甚？"

娄鸢鸢疼得眼泪狂飙："轻点，疼。"

景霄俊脸一红，轻咳一声道："我知道了。"

接下来，景霄的确放柔了动作，娄鸢鸢见疼痛减轻，于是开始得寸进尺。

"皇上，左边，左边一点，不对，右边，对对对，舒服……"她不知不觉得意忘形，将景霄当成了宝儿，等发现过来，便见景霄黑着脸看她。

完了！娄鸳鸳尴尬一笑："我好多了，您真是妙手回春，华佗再世。您不仅能文能武，能骑善射，还会推拿治病，我对您的敬仰之情犹如滔滔江水……"

景霄打断她的话："你觉得如何？"

娄鸳鸳的马屁拍到一半，被打断后立马识趣地收回："好多了，感谢皇上。那我先走了，不打扰您了。"

说完，她立即起身。

"回来。"景霄凤眸微眯，"我让你走了吗？"

娄鸳鸳尴尬地止住脚步，回头，用眼神询问他。

"你可是忘记了什么？"景霄隐晦地提醒她。

娄鸳鸳一头雾水地问道："忘记什么？"

瞥见他倏然阴沉的面色，她恍然大悟。之前他答应招丁大人入宫，条件便是她要答应景霄一件事，思及此，她忙道："我、我没忘，我答应您一个要求。"

闻言，景霄面色稍霁，还以为她将这约定抛诸脑后，谁知她现在还能忆起，他眸光微亮，便听娄鸳鸳问："那您需要我做什么呢？"

他需要她做什么呢？

景霄扫了内殿一圈，目光落在案几上的纸鸢上，纸鸢是鸳鸯样式，做得栩栩如生。他看着上方的小字，念道："愿得一人心，白首不相离。"

娄鸳鸳感叹他眼神极好，距离纸鸢如此远，他却能辨得纸鸢上的小字，堪称千里眼。

"替我做一个纸鸢吧。"景霄淡淡道。

不仅是千里眼，而且……

什么？做纸鸢，娄鸳鸳诧异地看着他。他挑了挑眉，轻声道："怎么，不会吗？"

她还真不会。

不过为避免景霄提出更过分的要求，她忙应下："会，我会，就是不知您要什么样式的，是凤凰还是龙，还是貔貅或者麒麟？"

说完，娄鸳鸳就恨不得抽自己一巴掌，最寻常的样式都做不来，还敢提龙和凤凰！

景霄目光灼灼地看着她，眼中有清浅的光芒："鸳鸯吧。"

离开含凉殿后，娄鸳鸳准备去芳携宫请教许嫔关于纸鸢的做法。刚到芳携宫，许嫔喜极而泣的声音传来："我来癸水了，我来癸水了。"

第一次见有人来癸水如此高兴的，娄鸳鸳每次来癸水必定痛得死去活来，恨不得托生为男子，不再受此罪过。

许嫔更衣完，见娄鸳鸳来了，兴奋之情溢于言表："晨妃姐姐，谢谢你。"

娄鸳鸳说明来意，许嫔拍胸脯保证，尽职尽责做个好师父教她做纸鸢。可惜娄鸳鸳不是个好学生，倒腾了半天不是被竹条扎到手便是糨糊粘得满地都是。

一来二去，娄鸳鸳泄气了。许嫔看她一副痛苦难当的模样，好奇道："姐姐做纸鸢是要赠予谁？"

还能是谁，当今圣上景霄。她就不明白了，宫里一堆能人巧匠，景霄为什么点名要她做纸鸢，莫不是他嫌她太清闲了，所以想给她找点事儿做？

见天色已晚，娄鸳鸳也不好意思再叨扰许嫔，便拿着工具和样图回晨曦宫继续琢磨。

折腾了小半会儿，娄鸳鸳耐心耗尽，将又画坏的纸张揉成一团随手一抛。纸团砸在一人身上，随后落地滚了滚。

听到脚步声，娄鸳鸳头也没抬："宝儿、李友病，我说过我现在很暴躁，你们谁也别来烦我。"

"我也不行吗？"低沉的声音倏然响起。

娄鸳鸳一惊，这宝儿和李友病干什么去了，连景霄来了都不通报一声。

地上散落了许多纸团，景霄弯腰捡起一个，摊开一看，嘴角微抿："不尽如人意。"

娄鸳鸳心中默念：莫生气，莫生气。

景霄自然而然地走到案几边，铺开一张纸，提笔，末了对她道："你愣着做什么，过来。"

"皇上要帮我画鸳鸯吗？"娄鸳鸳不解。

景霄一挑眉："我似乎说过，这纸鸢只能你亲手完成，不能假他人之手，你又忘记了？"

娄鸾鸾心中无奈，面上却溜须拍马："可您不是普通人，是万乘之尊啊。"

景霄俊脸微红，旋即瞪了她一眼，淡淡命令："手伸过来。"

不知道他葫芦里卖的什么药，但圣命不可违抗，娄鸾鸾忐忑不安地将手伸过去，本以为他想打她，结果他伸手轻轻一拉，她一个踉跄，再抬头时，人已被景霄拢在怀里。

他握着她的手，微垂着头，灼热的呼吸喷洒在她头顶上。娄鸾鸾禁不住咽了咽口水，声音缥缈："你做什么？"

"作画。"景霄抓着她的手，抬手在纸上落下一笔。

"皇上……"

"画画的人是你，我不过引导，所以不算帮忙。"景霄一边说话，一边抓着娄鸾鸾的手在纸上勾勾画画。不过片刻，一只活灵活现的鸳鸯便现于纸上。

娄鸾鸾思绪纷乱，视线不可控制地落在他握着自己的手上。那只手修长有力，骨节分明，宽大的手掌整个包裹住她的手，她能感受到属于他的温度。

一股奇异的情愫涌上心头，焚烧着她的理智，心悸的感觉让她手指止不住地颤了颤。景霄察觉了，疑惑地问道："怎么了？"

低沉的声音近在咫尺，宛如天籁，娄鸾鸾生怕自己下一刻心悸而亡，忙挣开他的手。景霄的手落了空，抬眸静静地看着她。

被那灼热的视线盯着,娄鸾鸾低下头,手忙脚乱地拿起剪刀,一个没注意手被扎破了。

"啊!"她惨叫一声,剪刀落地,又砸到她的脚背上。她疼得泪花四溅的同时悲哀地想,自己这段时日定是忘了烧香拜佛,怎如此倒霉?

片刻后,娄鸾鸾靠在床榻上,一动不动地看着景霄替她包扎手指。

好在伤口并不深,景霄抓着她的手,撒了止血散,又拿来白布仔细包扎。看着他熟练的动作,娄鸾鸾忍不住好奇:"您对这些事怎么这么熟练?"

景霄头也不抬,专注于手中的事:"在外征战的时候学的。"

是因为经常受伤,所以如此熟练吗?娄鸾鸾安静地看着他,别人或许只看到他居于万人之上,却从未想过他曾浴血奋战,九死一生。在她酣然入睡之际,他还在挑灯夜战,操劳国事。

确定无碍后,景霄抬头,却见娄鸾鸾目不转睛地望着自己。四目相对,景霄眸光微颤,片刻后轻声道:"你这样看我做什么?"

娄鸾鸾被他一眨不眨的目光盯得不甚自在,刚要起身,突然倒抽一口凉气。

"怎么了?"景霄皱眉。

"脚……"娄鸾鸾欲哭无泪,"抽筋了。"

景霄面色一黑,接着淡淡道:"身娇体弱,怎么不是闪到腰就是抽筋?"这身子是纸糊的吗?年少的她当年还曾"一夫当关,万夫莫开"地驱赶一群流浪狗，怎越活越不如从前了？

娄鸾鸾委屈巴巴地看着他，有句话虽然大逆不道，但她真的很想腹诽：自己活了十八年平安无事，自从见了他后，自己便连连倒霉。

她怀疑自己是不是与景霄八字不合，但他因真龙之气护体，所以倒霉事儿都报应在她身上了。为了自己的小命着想，娄鸾鸾觉得有必要和景霄保持距离。

"夜已深，您早些回去休息吧。"娄鸾鸾恭恭敬敬道。

景霄喜怒难辨地盯着她，仔细看，他眼底还有几分委屈："你是在赶我走吗？"

娄鸾鸾吓得面上肌肉抽搐，却仍强装镇定："怎么会呢，您想多了，我当然是想日日和您相处了。"为了保住小命，她只好睁着眼睛说瞎话，并且暗暗希望上天没听到她这些胡言乱语，把这些话当了真。

景霄轻咳一声，俊脸以肉眼可见的速度变红，可他还要装得一本正经的模样："罢了，你好好休息，我先走了。"

"皇上慢走。"娄鸾鸾明明喜上眉梢，却还要装作一副依依不舍的样子。

景霄回头看了她一眼，心旷神怡地"嗯"了声，脚步轻快地离开。

他一走，娄鸾鸾立刻松了口气，疲惫地趴在床上，回想起他刚才握着自己的手作画的那一幕，心跳不自觉加快。

一闭眼，她便想到那双骨节分明的大手握住自己，那张面庞如

玉纯净,凤眸亮如星辰,唇不点而朱……

"娘娘,您在想什么呢,脸好红?"

突如其来的声音打断了娄鸾鸾的思绪,她猛地睁开眼睛,见宝儿疑惑地盯着自己,她轻咳一声掩饰:"没什么,你去做什么了?"

宝儿撇撇嘴:"娘娘,您在转移话题是不是?"

娄鸾鸾心道,这宝儿平时单纯无比,有时候又莫名精明,一会儿一个样,让她着实难办。

"我没有。"她坚定道。

"娘娘,我跟在您身边十几年了,您挑挑眉,我都知道您想干什么。您别想瞒着我啦,您是不是在想皇上?"

娄鸾鸾本想和她争论,但一听后面那句话,险些呛到,暗叹一声道:"你想多了。"

"我怎么会想多了呢?"宝儿撑着圆嘟嘟的脸颊,"娘娘想皇上不是天经地义的事情吗?"

娄鸾鸾张了张唇,却不知道该怎么接话。她不过是他后宫中,可有可无的一个妃子罢了。想起时,逗弄一番;腻了,抛诸脑后。也许十年二十年过后想起,他不会记得宫中还有个晨妃。

"宝儿,"她喃喃道,"在宫中,没有真感情的。"

宝儿歪着脑袋问:"是这样吗?"

娄鸾鸾打了个哈欠:"我困了,你可以不用服侍了。对了,自明日起不用给许嫔送汤了。"

043

"娘娘好生厉害，治好了丁嫔娘娘，又治好了许嫔娘娘。"宝儿在她耳边喋喋不休。

娄鸾鸾缓缓闭上眼睛，嘴角漫过一抹苦涩的笑意，再厉害有什么用，再厉害她也长不了翅膀，飞不出这皇宫。

时光若水，掐指一算，太皇太后的寿诞近在眼前。

寿诞那日，宝儿一早便忙活起来，又是给娄鸾鸾挑首饰又是给她描眉，弄得她哭笑不得："宝儿，不过参加一个宴席，你这是当我出嫁呢？"

"太皇太后的寿诞，肯定隆重得很，娘娘您定要艳压群芳。"

"那艳压群芳之后呢？"娄鸾鸾好笑地问道。

宝儿想了想，认真道："那样您就会荣宠加身，不仅有很多赏赐，御膳房那些人肯定也可劲巴结咱们，必然会日日送许多美味吃食的。"

娄鸾鸾忍不住抚额，她觉得宝儿和丁嫔一定是失散多年的姐妹，脑海中想的尽是吃的。

梳妆完毕，宝儿小心翼翼地从柜中拿出丁嫔送的那件衣裳。在宝儿紧箍咒般的念叨下，娄鸾鸾被迫穿上那套扎眼的衣裙。

宝儿双眸熠熠生辉："娘娘，您穿上这一身比仙女还好看。"

娄鸾鸾抓了抓脖子，又抓了抓手臂，细眉微蹙："我觉得有些不对劲。"

"哪里不对劲啊娘娘，明明很好看。丁嫔娘娘的眼光就是好，

您今晚一定会大放异彩……咦，娘娘您的脸怎么了？"

宝儿的笑容僵在脸上，颤颤巍巍地指着娄鸾鸾的脸。

娄鸾鸾拿起铜镜一照，顿时欲哭无泪。

她毁容了。

半盏茶工夫后，娄鸾鸾坐在榻上，忍着不去挠脸。宝儿跪在地上哭哭啼啼，李友病拿着那件衣裳，面色凝重地翻来嗅去。

"娘娘，这衣裳没有任何问题。"李友病一脸严肃地说道。

没有问题你闻了半天是做什么？娄鸾鸾腹诽。

宝儿急得如热锅上的蚂蚁一般："那娘娘这脸……这脸怎么肿得和猪头一样？"

娄鸾鸾嘴角抽搐。

李友病背着手沉吟一番，接着一脸严肃道："娘娘，您今早吃了什么？"

宝儿仔细回忆："娘娘喝了海鲜粥，后来我又给娘娘炖了一点杧果羹。"

"这就对了。"李友病一副痛心疾首的模样，"有些人同时吃海鲜和杧果会过敏的，轻则皮肤瘙痒，面颊肿如猪头，严重时还会危及性命。宝儿，你糊涂啊。"

宝儿一听，吓得面无血色，"扑通"一声跪下："娘娘，是宝儿对不住您，宝儿罪该万死。"

娄鸾鸾忍着脸上的痒意，扶起她："我没事，就是过敏了而已，肯定不会危及性命，没什么大不了的。"

宝儿哭得一抽一抽的："可是娘娘，您这样怎么去参加太皇太后的寿诞？"

"要不我不去了？"娄鸳鸳说道。

"当然不行。"李友病和宝儿异口同声道。

这去也不是，不去也不是，进退两难，到底要她怎么做才好？

李友病语出惊人："蒙面纱吧。书中有云，犹抱琵琶半遮面。娘娘您掩面倒也可以。"

娄鸳鸳斜眼看他："李友病，我真的非常好奇，你进宫之前到底是做什么的？"

李友病一脸害羞："奴才进宫前是说书的。"

事到如今，死马当作活马医，眼见寿宴将至，娄鸳鸳只好取了面纱戴上，忐忑不安地赴宴去了。

寿宴在永和宫举行。一到永和宫，娄鸳鸳便见丁嫔和许嫔朝她招手。

丁嫔很兴奋："姐姐过来坐，我给你留了桂花糕。"

"嗯。"娄鸳鸳坐下。

许嫔好奇地看着她："晨妃姐姐，你今日为何以纱覆面？"

丁嫔咽下一口桂花糕，舔了舔嘴角道："姐姐这模样叫什么来着，犹抱琵琶半遮面，不知道'油爆枇杷'是什么滋味……"

娄鸳鸳和许嫔对视一眼，都从对方眼中看到了无奈。

"我染了风寒，面容憔悴，怕吓坏皇上和太皇太后，所以遮着

脸。"说着娄鸾鸾咳嗽两声。

许嫔一脸担忧:"姐姐可好?"

"没事没事,回去后我给你煮一碗姜汤,加上葱蒜,味道可好了。"丁嫔大大咧咧道。

丁嫔撑得肚圆滚肥的时候,景霄扶着太皇太后姗姗来迟。

进宫四个月,这还是娄鸾鸾第一次见到太皇太后。

俗话道,龙生龙,凤生凤,到底是亲祖孙,这太皇太后虽已迟暮,但眉眼之间依旧能看出她年轻时的风华绝代。景霄的样貌与太皇太后有七分相似,唯一不同的便是景霄眉宇凌厉,自带帝王之气;而太皇太后慈眉善目,真是菩萨面相。

景霄和太皇太后入座,在座的嫔妃、大臣肃然起身叩拜。景霄扫了一圈众人,目光在娄鸾鸾身上停留片刻,随后收回,沉声道:"起来吧。"

宫廷寿宴分外讲究,皇帝和太皇太后坐在上位,纵观全场,嫔妃次之,最后便是大臣和其携带的家眷。

太皇太后掌控全局,说了一番后宫和谐、百姓安康之类的话,随后就是贺寿歌舞上场。

换作平日,娄鸾鸾还有心思欣赏一二,可今日身上奇痒难当,她费了九牛二虎之力生生忍下,忍得格外焦灼。

可即便她粉饰太平,还是有人发现了。

徐贵妃看了她一眼,轻笑一声:"晨妃妹妹不喜欢这舞吗?"

第三章

侍寝有点难为人

许是徐贵妃的声音大了些,景霄和太皇太后纷纷朝她望来。

看到娄鸾鸾以纱掩面,独留那双水汪汪的杏眼望着他,景霄心念一动,险些洒了杯中酒水。

一旁的太皇太后疑惑道:"这是哪个宫的孩子,怎么戴着个面纱?"

娄鸾鸾被太皇太后点名,走出座位忙端正跪好:"回太皇太后,臣妾是晨曦宫的。"

太皇太后点点头,眉眼带着笑意:"原来是娄太傅的孙女,昔年我与你祖母是手帕交,快过来让哀家看看。"

徐贵妃离娄鸾鸾近,已看到她手腕上的红疹,心底得意,美目一转催道:"晨妃妹妹快过去啊,你怎好意思让太皇太后等着?"

娄鸾鸾深吸口气:"回太皇太后,臣妾染了风寒,怕传给他人,所以以纱掩面。太皇太后是千金贵体,若稍有差池,臣妾万死也难以赎罪。"

一旁的景霄不动声色地看着娄鸾鸾。

太皇太后不疑有他:"近日天凉,你们都要注意身体,罢了,等你好了哀家再召你来好好聊聊,不急于一时。"

娄鸾鸾感动无比,多么温柔善解人意的太皇太后。

侥幸躲过一劫,娄鸾鸾松了口气,再次入座时,徐贵妃故意将酒水洒在娄鸾鸾身上,顺便惊呼一声:"妹妹,实在抱歉……"说完故意一扯,娄鸾鸾那掩面白纱轻飘飘地落了地。

徐贵妃惊呼:"妹妹,你的脸怎么了?"

太皇太后也被娄鸾鸾的脸吓了一跳,惊魂未定地喘了一口气。这娄太傅的孙女怎么长得这般寒碜,明明小时候明眸皓齿,跟画上的人一般。

见状,丁嫔一马当先,正要去捡面纱,有一人却比她更快,长指一钩,轻纱便落入他手中。

景霄一步步走到娄鸾鸾面前,无视她肿成猪头的胖脸,一手扶着她的肩膀,一手小心翼翼地将白纱夹在她发上。

娄鸾鸾唇瓣微张,静静地看着他。景霄垂眸,黑眸映着清浅月色,他低声道:"别怕。"

原本平静的心跳逐渐失序,心内似开了一朵花,她舔了舔唇,却说不出一句话来。

"我没怕。"她低声说道。

景霄低头,便触上那双会说话的眼睛。

许是戴了面纱,那双眼睛越发明亮。景霄喉结上下滚动,低声道:

"为何会如此?"

娄鸢鸢小声道:"过敏了。"

"你吃了什么不该吃的?"他皱眉,"这么严重,怎么不宣御医看看?"

娄鸢鸢现在不止身体痒,连心底都和猫爪在挠一般,她稳了稳心神:"今日太皇太后寿宴,我如若不来于情于理都是不孝。"

"你先回去吧,我一会儿让御医去晨曦宫给你看看。"景霄的声音不自觉放柔。

娄鸢鸢巴不得回去,可方才太皇太后被她吓了一跳,她有些担心。今日可是太皇太后的寿诞,她本想祝老人家福寿绵长,结果反而把对方吓得一愣一愣的。

"那太皇太后……"她担心。

"放心。"他转头看了丁嫔一眼,"你陪晨妃回去。"

丁嫔在美食和友谊之间摇摆了一会儿,最终一咬牙选择友谊,乖乖地扶着娄鸢鸢回去。

刚回到晨曦宫,宝儿和李友病被娄鸢鸢更肿的猪头脸吓了一跳,缓了好一阵才恢复过来。

娄鸢鸢奇痒难当,恨不得从自己身上抓一块皮下来。见她要去抓脸,宝儿紧紧握着她的手:"不能抓啊,抓了就真毁容了。"

娄鸢鸢泪眼汪汪地看着丁嫔:"来吧,一手刀劈晕我吧!"

丁嫔轻咬贝齿,犹豫不决:"姐姐,不是我不肯帮你,实在是我这一手刀下去，你可能会死。"

娄鸾鸾转念一想，丁嫔出身武家，打小学习功夫，可徒手打死一头牛，要是她没个准头直接将自己劈到阎王殿去怎么办？

娄鸾鸾痒得欲哭无泪："李友病，你不是神通广大吗？你真没办法吗？"

李友病轻咳一声："奴才有句话不知道当讲不当讲。"

"都这时候了麻烦你别饶舌，说。"娄鸾鸾无奈。

"回娘娘，这过敏一时半会儿好不了。但奴才有个办法，只要您手脚动弹不得便不会去挠了。这样又不必将您劈晕，是不是一举两得啊？"李友病道。

丁嫔双眸一亮："这办法好。"

娄鸾鸾发誓，要不是自己现在痒得不行，一定给他们一人一个栗暴。

好在御医很快到了，避免娄鸾鸾被他们五花大绑，御医开了涂抹的药膏。宝儿仔仔细细地替娄鸾鸾抹上，折腾了这么小半宿，娄鸾鸾疲惫不堪，眼皮一耷，沉沉睡去。

景霄便在此时来了。一看到景霄，宝儿跪下正要开口，却被他及时伸手制止。

宝儿会意，伶俐地退了下去。

景霄负手而立，垂眸望着趴在床上酣睡的娄鸾鸾。

她似乎睡中有梦，时不时一皱细眉。

瞧见娄鸾鸾一只藕臂露在被子外,景霄弯腰握住她的手腕,小心翼翼地放进被中,却不料她在此时梦呓一句:"皇上……"

景霄僵住,屏住呼吸,一动不动地看着娄鸾鸾,确定她不过是梦呓后,微松了口气。

"纸鸢我做好了,您别罚我抄书了,我生平最讨厌写字了……"娄鸾鸾喃喃自语。

景霄无奈地笑了笑,视线落在案几上,上面放着纸鸢。他行至案几前,黑眸轻轻扫了一眼,嘴角浅浅一勾。

他拿起纸鸢,上方端端正正写着八个大字:祝福吾皇福寿绵长。

"就会拍马屁。"他虽是这么说,但眼底眉梢溢满笑意。

突然床榻上的娄鸾鸾嘟囔了一声:"宝儿,我好痒,快过来给我挠挠。"

见她伸手要去挠脸,景霄放下纸鸢,一个箭步冲上前,眼疾手快地握住她的手腕,低声道:"不能挠。"

他只管命令,却忘了她正在睡觉未必听得见。

"好痒。"娄鸾鸾扭了扭身体。

景霄思虑片刻,手掌轻贴在她面颊上。感受到温暖,娄鸾鸾呓语一声,自然而然地将脑袋枕在他手掌上,又沉沉睡去。

他静静地看着她。她面上的红疹退了许多,脸也不似之前那般可怕,因枕着他的手,脸颊的肉挤在一起,肉乎乎的,煞是可爱。

景霄怕吵醒她,保持着这个姿势直到天亮。

翌日一早，娄鸾鸾悠悠转醒，她下意识擦了擦口水，眼睛没睁便说道："宝儿你在哪儿？"

叫了半天也无人应答，娄鸾鸾打着哈欠起身，结果不小心撞到一具温热的躯体。

她慢慢睁开眼睛，视线从那双漂亮的手移向那张风华绝代的面容，吓得连连后退。

景霄怎会在这里？是她在做梦，还是他在梦游？

许是被她吵醒，景霄缓缓睁开眼睛，看了看缩在床角一脸警惕的娄鸾鸾，哑着嗓子道："醒了？"

娄鸾鸾咽了咽口水，心跳得快蹦出喉咙："皇、皇上，您怎么会在这里？"

景霄抬手，却觉得手掌黏糊，疑似某人的口水，不禁青筋暴跳："娄鸾鸾！"

半盏茶工夫后，娄鸾鸾打着哈欠给景霄更衣。

陈公公一早便送来朝服。陈公公在景霄身边多年，早已成精。昨儿个寿宴结束后皇上便匆匆离去，一夜未回含凉殿，陈公公用脚指头想想都知道他去哪儿了。

替景霄穿戴好朝服后，娄鸾鸾又开始拍马屁了："您穿上这一身真是惊为天人……"

景霄没好气地白了她一眼："违心的话我不想听。"

娄鸾鸾很不要脸："我是真心实意的，绝无半句虚言。"

一旁的陈公公实在不愿意打扰他们眉来眼去,郎情妾意,可这时间不等人,他只好战战兢兢地提醒:"皇上,您该上朝了。"

景霄淡淡地"嗯"了一声,最后看了娄鸾鸾一眼便转身离去。

行至几步,景霄回头:"对了,我上次细细看过你抄的《礼记》,字迹太过潦草,毫无诚意,我再罚抄一次,五日后将抄好的《礼记》亲手交给朕。"

娄鸾鸾一脸震惊。

一旁的陈公公同情地看了她一眼,而后亦步亦趋地跟上景霄的步伐。

娄鸾鸾以为这件事已经随风而去,结果景霄旧事重提,她觉得他是在故意"折腾"她。可惜帝王之命不可违,五日后,娄鸾鸾亲自拿着抄好的书稿来到含凉殿。

刚到含凉殿门口,就见陈公公满面愁苦地立在外头。见娄鸾鸾到来,他双眸一亮,笑得满脸的褶子开成了一朵花。

"晨妃娘娘您总算来了。"陈公公喜极而泣。

"皇上在里头吗?"娄鸾鸾问。

皇上正为绘县赈灾之事烦心,方才还发了好大一通火,骂得那些个官员战战兢兢、面无血色。他正愁呢,这晨妃便自个儿找上门来了。

"在呢在呢,娘娘请。"陈公公道。

娄鸾鸾不觉有诈,悠闲地进门,待看到一地奏折后,她恨不得将陈公公剁成泥给丁嫔种花。

景霄显然刚发过火,估摸着余怒未消,她这时候来打扰不是找死吗?

私心想着他还未发现,娄鸢鸢踮着脚,小心翼翼地转身,正要蹑手蹑脚离去,便听景霄自带威严的声音自身后响起:"你去哪儿呢?"

娄鸢鸢心底"咯噔"一声,感叹小命不保,忙转身上前几步利落跪下,双手奉上抄写稿:"回皇上,您交代的《礼记》我都抄好了,方才见您闭目养神,我便不敢打扰。"

景霄淡淡地瞥了她一眼:"拿过来。"

娄鸢鸢战战兢兢地走到他面前。

景霄随意翻了翻,轻声道:"算你过了关。"

如果聪明的话,娄鸢鸢听到这句话后应该立马脚底抹油就跑,可奈何她心软,看景霄愁眉不展的模样,她踌躇几番还是多嘴一句。

"皇上忧思成疾,我不知道到底发生了什么事情,但事已发生,郁结伤身,不如好好想想解决之道。"

闻言,景霄轻飘飘地扫了她一眼。

娄鸢鸢害怕地后退一步:"我乱说的乱说的,既然皇上政事繁忙,那我就不打搅了。"

方走了几步,便听他道:"既然我不高兴,那你便想想办法让我高兴起来。"

臣妾做不到啊！娄鸢鸢欲哭无泪。

可惜圣命难违，她只能硬着头皮应下。思虑一番，她想起师父说过，气闷的人最忌讳居于室内，因为这会让人越发沉闷，唯有站在广阔之地，心思才能纾解。有句话说得在理，站得高，看得远。

"皇上，咱们去放纸鸢吧？"娄鸢鸢提议。

景霄顿了顿，片刻后，他故作勉为其难的模样道："那就去吧。"

宫内御花园最适合放纸鸢，可御花园又是后宫众姐妹聊天八卦之地，娄鸢鸢可没有愚蠢到堂而皇之地给自己树敌。如果她和皇上在御花园放纸鸢的事情被其他嫔妃知道，她命不久矣。

娄鸢鸢将景霄带到邰玉池后一处开阔的地方。

此地辽阔，只是不若御花园和蓬莱湖那般炙手可热，她也是无意中发现此地，偶尔被宝儿念叨得头疼之时她便躲在这里。

她连丁嫔都没告诉，景霄是第一个知道她的秘密宝地的人。

景霄环顾四周，清风拂去他的积郁，见娄鸢鸢满面笑容，他也不自觉勾了勾嘴角："宫内竟然还有此等地方。"

宫里这么大，景霄忙于国事，不知道此处也是正常。娄鸢鸢朝他神秘地眨眨眼："这是我的秘密宝地。"

景霄呵呵一笑："你的秘密宝地？"

普天之下莫非王土，她在景霄面前说这是自己的秘密宝地不是找死吗！娄鸢鸢立马机智地转移话题："我给您变个戏法吧。"

景霄来了兴致："你还会变戏法？"

"闯荡江湖没有一技傍身如何自立？"娄鸾鸾大言不惭。

"闯荡江湖？"他似笑非笑地看着她，"你此生都不能出宫了。"

娄鸾鸾瞥了他一眼，她当然明白，只不过想自欺欺人一番。

见她一脸哀怨，景霄心底好笑，面上却装得一本正经："但如果你今日哄得我高兴，我便给你一次出宫的机会。"

娄鸾鸾眼睛一亮，自然而然地攀住景霄的手臂，仰头看他："这可是您说的，您可要一言九鼎，驷马难追。"

景霄垂眸看着她的手，她顺着他的视线往下看，见自己大逆不道地抓着他的手，立即讪讪收回，尴尬地挠挠脑袋。

景霄敛去眼底的失落，轻咳一声："你不是要变戏法吗？"

娄鸾鸾恍然大悟，摊开白嫩的掌心在他面前晃了晃："您请看好了，现在我手里没有东西。"

说罢她一握拳，另一只手在景霄眼前一晃，一朵红色小花便出现在她手中。

景霄的嘴角慢慢扬起一抹笑，故意道："障眼法。"

定是她刚刚虚晃一招，故意转移他的视线，不过她的手法倒是娴熟，真到了以假乱真的地步。

"娄太傅不可能教你这些旁门左道，是谁教你这些的？"景霄问道。

娄鸾鸾轻咳一声："是我师父。"

"你师父？"景霄好奇，"你师父是何人？"

娄鸢鸢张了张唇，又将到嘴边的话咽下去。她的师父实在神秘，更何况师父说过，莫与旁人提起她，免得多生是非。师父不仅仅教她戏法，还教她医心，总之，师父是个无所不能的人。

"咳咳，师父她闲云野鹤，常年独来独往。皇上，您觉得这戏法如何？"

"差强人意。"景霄哼了声，眼角眉梢却皆是笑意。

娄鸢鸢不与他计较，又拿出纸鸢，一个人自顾自地放飞。纸鸢越飞越远，她的笑声也越传越远，景霄负手而立，静静地看着她的笑颜。

刚开始娄鸢鸢的确很开心，但跑了几圈后她就累得气喘吁吁。可景霄看得开心，她也不好拂了他的意，免得他一言不合又罚她抄写、禁足之类的。

哄人好累啊。

等哄得景霄龙心大悦，她早已疲累，恨不得趴在床上睡个三天三夜。

"罢了，我回去了。"景霄不忍她跑断腿，说道。

娄鸢鸢掬一把辛酸泪，您老终于开了金口了，再不开口她要累死在此处了。她问："那皇上高兴了吗？"

景霄愣了下，错开那双水光潋滟的眸子："嗯。"

"那您答应我出宫的事情……"娄鸢鸢小心翼翼地问。

"允了。"他道。

娄鸾鸾喜上眉梢:"那我赶紧回去准备准备,明天就出宫。"

景霄淡声打破她的美好幻想:"不是明天,以后再说。"

以后?娄鸾鸾哀怨地看着他,你身为九五至尊,说话能不这么朝令夕改吗?

景霄无视她这副委屈巴巴的模样,怀揣满心喜悦回了宫。他暗暗想着,以后心情若有不畅,逗一逗娄鸾鸾倒是一桩不错的消遣。

刚回宫,陈公公便迎了上来:"皇上,太皇太后她老人家来了。"

景霄明白"来者不善"。

果然,太皇天后与他说了一会儿体己话,便将话题引到皇嗣上:"昨个儿哀家做了个梦,梦见怀里抱了个长得乖巧可爱的小娃娃。有道是日有所思,夜有所梦。如今朝局稳定,百姓安居乐业,你也该好好想想自己的事情,后宫嫔妃众多,你可有中意的?"

一说中意,景霄眼前闪过一张时而谄媚、时而淡然的面庞,嘴角不自觉地扬起,末了又敛下:"孙儿近日忧心绘县受灾之事,并未想过这些事。"

"那就好好想想,徐贵妃是后宫之首,身份尊贵,人也长得如花似玉,上次寿宴上她的目光可未曾从你身上移开过,文妃温柔恬静也不错,静妃端庄稳重,哀家也甚是喜欢。"

"至于那个晨妃……"太皇太后叹了口气,"小时了了,大未必佳,可惜了可惜了,怎生得那般面貌,实在……"太皇太后仍心有余悸。

060

景霄忍不住为娄鸾鸾辩解:"皇祖母有所不知,那日晨妃误食过敏,才会生了红疹。如今红疹褪去,已不是那般吓人。"

听罢他的话,太皇太后意味深长一笑。方才提起其他嫔妃,他毫无情绪,直到提到晨妃娄鸾鸾,他立马滔滔不绝……

送走太皇太后后,景霄在内殿沉思许久。夜幕降临,太监送来牌子,景霄扫了一眼,最终翻了娄鸾鸾的牌子。

含凉殿派人来晨曦宫之时,娄鸾鸾还在优哉游哉地看话本,见陈公公亲自来宣读口谕,忙掩了话本,与宝儿、李友病一同跪下听旨。

陈公公宣读完,留给她一个慈祥的微笑便离开了。

陈公公等人一走,宝儿激动得眼泛泪光:"娘娘,您终于盼到好日子了。"

娄鸾鸾死气沉沉地跪在地上,与其说是她的好日子到了,还不如说她安稳的日子一去不复返了。

不久后,娄鸾鸾被送到鸳鸯殿,侍寝的妃子需在此处沐浴,最终被送入含凉殿。

鸳鸯殿雕梁画栋,娄鸾鸾随着一队宫女行至内殿,便见一个巨大水池,池水上方萦绕着丝丝缕缕的水雾。

两名宫女上前行礼:"娘娘,奴婢絮儿、念儿伺候您沐浴更衣。"

娄鸾鸾沐浴向来不喜人伺候,但"入乡随俗",她只好点点头,任凭两名宫女"折腾"她。

沐浴过后,两名宫女为她穿上衣裳。

看着薄如蝉翼的纱裙,娄鸾鸾嘴角抽搐。这衣裳穿了还不如不穿,可惜侍寝的规矩向来如此,她总不能反驳。准备好一切,她被宫女们裹上厚厚的锦被,被太监扛着往含凉殿而去。

到了含凉殿,太监恭敬退走,独留娄鸾鸾一人裹在锦被中,躺在龙床上动弹不得。

不多时,大门"嘎吱"一声被人推开,娄鸾鸾循声望去,入目的便是镏金黑袍,再往上望去,景霄负手而立,面上辨不出喜怒,此时正望着她。

娄鸾鸾紧张地咽了咽口水。

景霄走近龙床,居高临下地看着被裹成一团的娄鸾鸾,那双水眸带着几分怯弱不安,白皙面庞仿佛染了胭脂,唇不点而红。明明是一张无辜的小脸,却无形中吸引着他的目光。

他镇定了一番心神,撩袍坐在床边,伸手去解锦被。他的指尖还未触到锦被,娄鸾鸾早已挣扎着往后退去。

景霄面色微沉。

娄鸾鸾心里打着鼓,自古以来妃子侍寝哪有拒绝之理,她方才的举动明显犯了大忌。若景霄动怒,她的脑袋就要搬家了。

思及此,她赶紧找借口,笑得一脸真诚:"适才身上痒,所以动了动,还请皇上别介意。"

是身上痒,还是怕他?景霄不置可否,微红着脸点点头,淡声道:"你一直捆着也难受,我帮你解开。"

在他的指尖触碰她的被子时,娄鸾鸾情急之下叫道:"等等。"

她的声音太大,吓得他手指一颤,接着若无其事地握紧拳头,沉声道:"怎么了?"

娄鸾鸾想到,解开被子事小,但她身上的衣服穿了和没穿一般,要是被景霄看到了,场面会很尴尬。思及此,她干笑一声,裹着被子,艰难地挪着往床尾而去。

"我、我觉得有点冷,你还是先别解开了。"她呵呵笑道。

"嗯。"景霄点了点头,起身走到案几前,坐下,铺开一张宣纸,开始作画。

娄鸾鸾裹着被子,被他晾了一会儿,又好奇地张望,瞥见他抬起的头,又干笑一声,目光四处游移。

景霄并未在意,低头认真作画。

画中的人儿逐渐显出面目,远山黛眉,如弯月的眸、小巧的鼻、微翘的薄唇,一颦一笑如灼灼桃花。

他画得投入,全然不知道娄鸾鸾正在打瞌睡。

折腾了小半个时辰,娄鸾鸾困顿不堪,又生怕自己"羊入虎口",她一直强撑着不与周公约会,目光定定地看着案几后的景霄。

他端坐于案几后,一袭镏金黑袍如墨汁铺陈开来,他提笔勾勒之间,一举一动皆赏心悦目。

娄鸾鸾打了个哈欠,揩了揩漫上眼眶的泪水,混混沌沌地想,也不知道他在画些什么?他究竟何时离开,她能睡觉了吗?

这般想着,眼前的人影从一个变成两个,她挣扎了下,最终闭上眼睛,脑袋一歪,沉沉睡去。

景霄抬头之时,看到的便是娄鸾鸾奇特的睡姿。因她被锦被裹得严严实实,动弹不得,唯有坐着睡着。

他不厚道地一笑,放下笔,起身走到她面前。

"娄鸾鸾。"他轻声唤道。

无人回应,她兀自睡得香,时不时皱皱眉头,呓语几番。他安静地盯了她片刻,脱了靴上了软榻。那张清丽的面庞近在眼前,他顿了顿,收回视线,小心翼翼地替她解开束缚。

锦被一解开,娄鸾鸾失去支柱,软趴趴地倒下,他忙伸手扶住,轻柔地将她放在软榻上,替她盖上锦被。

做完这些,他吁了口气,看着蜷成一团的某人,一脸无奈:"娄鸾鸾,不知道你到底是没心还是没肺,直到现在你还没认出我。"

年少的那段时光,他记忆犹新,如刻心中;而她云淡风轻,对他态度疏离。他让她做纸鸢,是希望她能忆起当年的往事,可惜她嬉皮笑脸,似乎早已将那段记忆抛诸脑后。

可是……

景霄撑着手,侧身躺在娄鸾鸾身边,静静地看着她的睡颜。他想过千万次与她团聚的情景,却未曾想过,他们有一日会同卧一榻。

思及此,他顿觉心跳加速,忙起身走到案几前,低头看着画中的人儿。

"景霄景霄，你在做什么？"清脆的声音在耳边响起。

少年头也不抬："我在作画。"

少女捧着脸坐在他身边，目不转睛地看着他作画。他被盯得不好意思，忙掩了画纸，耳朵染上一抹晚霞："你在看什么？"

"看你画画啊。"娄鸢鸢笑道，"你画得真好看。"一阵风吹过，树叶沙沙作响，阳光透过树梢，洒下点点光斑。光斑落在她身上，他抬眼望着她，她一笑，如阳光铺陈万里。

他蓦地听到花开的声音，那声音自他心底生出。

"景霄，你也帮我画一幅画好吗？"她煞有介事道，"以后我要和哥哥一起闯荡江湖，如果爷爷阿爹娘亲想我的时候，还能看看画像。"

"宝儿，别吃了，你再吃都要成饭桶了。"软榻上的娄鸢鸢突然呓语一句。

景霄抬头，倏尔一笑，接着提笔在画上落下一行小字。

翌日一早，娄鸢鸢从梦中醒来，她一睁眼，便见身边齐刷刷跪了一地的宫女，吓得差点从床上蹦起。回过神来后，她才反应过来此处并不是她的晨曦宫，而是景霄的含凉殿。

宫女们伺候完娄鸢鸢更衣洗漱后，便取走龙床上的一块方巾。方巾四四方方，边缘绣着金线，而此时白色方巾中间点缀着一抹红，看上去分外刺眼。

娄鸾鸾虽还未经人事，但见多识广，当即闹了个大红脸。想也知道，这"障眼法"是景霄做的。侍寝后，若妃子还是完璧之身，那她便有伺候不当的罪责。

景霄早已不在，定是上朝去了。娄鸾鸾穿戴整齐后，心里慌张，表面却强作淡定地离开含凉殿。

回去途中，娄鸾鸾听到兵器相交的声音。好奇心驱使下，她往声源处走去，瞥见一男一女正打得风生水起。

娄鸾鸾虽不懂武功、剑术，但也看得出白衣男子频频退让，反倒是红衫女子招招逼人，看得娄鸾鸾为那男子捏了一把汗。

最终，被逼急的男子忍无可忍，反手干脆利落地打飞红衫女子手中的长剑。长剑转了转，稳稳地落在娄鸾鸾面前。

要是那长剑再偏转一些，她命已休已。

思及此，娄鸾鸾吓得冷汗淋漓。深知看热闹事小，保命要紧，她刚想脚底抹油而去，却听到那红衫女子的声音。

"赵易，你别欺人太甚。"红衫女子骂道。

赵易抱臂，嘴角挑起一抹嘲讽的笑意："茶郡主，欺人太甚的好像是你。我好端端地走在路上，你突然偷袭我，要是我反应再慢一些，岂不是被你的长剑扎一个窟窿？"

"少废话。"茶朦朦俏脸微沉，冷声道，"你把玉佩还给我。"

"什么玉佩？"赵易顿了顿，旋即"哦"了一声，伸手摘下腰间的玉佩，"你说这个啊。"

066

"给我。"一看到玉佩,茶朦朦三步并作两步上前,竟然想硬抢。可赵易哪里会让她如愿,灵巧地左躲右闪,一来二去,茶朦朦累得气喘吁吁,终于停下歇口气。

赵易眉眼带笑,语气中带着三分揶揄七分嘲讽:"这就不行了,看来郡主还需多多锻炼身体……"

话音还未落下,他只觉膝盖一疼,茶朦朦一脚踹在他的小腿上。他晃了晃,伸手一拉,两人双双跌倒在地。

远观的娄鸾鸾捂住眼睛,想到一句话:非礼勿视,非礼勿听。

"这句话还给你。"茶朦朦勾唇一笑,眼底的邪气荡出,旋即一把抢过他手中的玉佩,"赵将军可是云兴国的未来主将,身子骨这么弱可不行。"

言罢,她也不恋战,拿了玉佩要走。可她还没走出几步,一把扇子飞来,径直打掉她手中的玉佩,玉佩在地上滚了滚,最终落入赵易手中。

赵易掸了掸衣摆,一派云淡风轻:"郡主,得罪了。"

"你……"茶朦朦许是气疯了,转身抽出扎在地上的长剑,反身朝赵易刺去。

眼见那长剑就要朝他的心脏刺去,娄鸾鸾叫道:"小心。"

茶朦朦也没想到赵易不躲不闪,收回长剑已来不及。下一刻,一颗石子弹了过来,精准地打偏了茶朦朦手中的长剑。

"铿锵"一声,长剑落地,娄鸾鸾松了口气。

"在皇宫中持剑,你们两人不要命了吗?"一道声音自远处传来。

娄鸾鸾暗叫不好,正想猫着腰遁走,却听景霄凉凉的声音传来:"别躲了,出来。"

娄鸾鸾只好老老实实地出来。

最终,三人被景霄带到了含凉殿。

含凉殿中,赵易和茶朦朦跪在地上,娄鸾鸾作为旁观者,虽无罪,但也被景霄瞪了好几眼。

娄鸾鸾看向坐在龙椅上的景霄,许是刚下朝,他穿着一身龙袍,器宇轩昂,不过弱冠年纪,却已有君主之威。

现下,娄鸾鸾知晓了二人的身份,白衣公子赵易,乃开国将军赵老将军的孙子,也是云兴国最年轻的少年将军,曾随着景霄征战四方,年纪轻轻已是战功显赫。

传言他武功出神入化,摘叶为器,杀人于无形,是个不可多得的武学奇才。如果传言都是真的,那他方才与茶朦朦打架的时候,并没使出半分力。

不过,他们到底有什么恩怨情仇,竟在宫中大打出手?若非一个是郡主,一个是将军,他们怕是逃脱不了罪责。

"你们到底为什么打架?"景霄道。

"他抢我玉佩。"茶朦朦面色不豫。

赵易呵呵一笑:"此话就不知道从何说起了。这玉佩自我出生起便戴在身上,从未摘下来过,怎说我抢你玉佩?茶郡主,就算是

污蔑在下,也要找一个好的理由,不是吗?"

"你……"论伶牙俐齿,她从来不是他的对手,若不是在皇上面前,她一定撕了他那张云淡风轻的脸。

"郡主,你先下去,我还有一些话要与赵将军商议。"景霄瞥了津津有味看戏的娄鸾鸾一眼,淡淡道,"你也下去。"

娄鸾鸾巴不得离开含凉殿,闻言麻溜儿离开。

两个女孩,一个心不甘情不愿地离开,一个喜极而泣地遁走。景霄与赵易目送她们的背影远去,最终收回视线。

景霄捏了捏眉心:"你怎么总是去惹茶郡主?"

"冤枉啊,我在路上好端端走着,结果她不知道从哪儿冒出来,提着剑就朝我身上招呼,且这事已经不是第一次发生了。不是我说,若是我不够机敏,早已死在她的剑下了。"

景霄不置可否,这话听听即可,以他的功夫,单手可杀敌三百,区区一个武功半吊子的茶郡主,怎会是他的对手。

他不过逗她玩罢了。

"下次适可而止一点,方才那一剑要是真扎你身上,我看你如何收场。"景霄无奈地摇头,换作从前,茶朦朦怎么会轻易离开,想必她也被方才那一幕吓到了。

赵易低头一笑:"臣知错了,只是吓吓她罢了,免得她三番五次找我麻烦。"

景霄皮笑肉不笑地看着他:"你要是把玉佩还给她,她也不会一直缠着你。"

闻言，赵易面色闪过一丝不自然。景霄将他的神态尽收眼底，勾了勾唇，故意道："赵易，莫非你喜欢茶郡主？"

"我怎么可能会喜欢她？"赵易别过头，"您真是想太多了。"

在朝堂上，他们是君臣关系，私底下，因为两人是从小一起长大的生死之交，在无外人之时，两人说话颇为随意。

"是吗？"景霄的目光落在他腰间的玉佩上，一脸揶揄，"你如果真的对她无意，那为什么一直留着这枚玉佩？"

"戴习惯了。"赵易搪塞过去，忙转移话题，"此次去凉国……"

另一端，茶朦朦和娄鸳鸳一前一后地离开含凉殿。鉴于之前茶朦朦"彪悍"的举动，娄鸳鸳有些惧怕她，和她保持着距离走在后头。

还没走几步，茶朦朦突然停下，娄鸳鸳及时止住脚步，避免了一头撞上去的惨剧。

茶朦朦转过身，上下打量她，旋即道："你是哪个宫的妃子？"

娄鸳鸳张了张唇，按理说，妃子地位比郡主高，但奈何她是"最不受宠"的妃子，而对方却是最受宠的郡主，两相比较，地位孰高孰低，一目了然。

"我是晨曦宫的娄鸳鸳。"娄鸳鸳一字一句道，末了又习惯性溜须拍马，"你的功夫很厉害。"

茶朦朦愣了下，旋即挥挥手："我自己几斤几两，我还是明白的，刚刚吓到你了,对不起。我不知道你躲在那儿,那剑险些伤到你。"

"没事没事,我也不是故意偷看……只是路过,路过而已。"娄鸾鸾腼腆地笑。

茶朦朦"扑哧"一笑:"你可真有意思。"

娄鸾鸾干笑,好嘛,现下除了景霄,又有人给她戴上"有意思"的高帽了。

娄鸾鸾正欲说话,抬头一看,瞥见茶朦朦撕裂的裙摆,顿了顿,还是好心提醒:"你的衣裙似乎裂了。"

闻言,茶朦朦低头看了一眼,毫不在乎道:"裂就裂了,没什么要紧的。"

"可是,如果你回家之后,你家人看到你这副模样,怕是要担心了。"关于这些,娄鸾鸾颇有经验。没进宫之前,她也是成日出宫,时常灰头土脸地回家,总被爷爷逮着,接着便是一通教训。

茶朦朦盯着她看了一会儿,点点头:"你说得有道理。"

"如果你不介意的话,可以去我宫中换一套衣裙。"

"好。"茶朦朦倒也爽快,十分江湖地朝她抱了抱拳,"那就麻烦你了。"

第四章

恰逢意气风发时

娄鸾鸾领着茶朦朦回到晨曦宫。此时，宝儿和李友病正坐在宫殿外边嗑瓜子边聊天，见到娄鸾鸾身后跟着人，吓得手忙脚乱，鸡飞狗跳。茶朦朦看了她一眼，娄鸾鸾尴尬一笑："让郡主见笑了。"

还未等茶朦朦说话，娄鸾鸾便凑到她跟前，小声道："你千万不要告诉别人哦。"

茶朦朦举步向前："我什么都没看到。"

娄鸾鸾微愣，这茶郡主，当真是好性情。

茶朦朦换了一套衣裙，从里间走出，正在喝茶的娄鸾鸾一脸惊艳，一旁的宝儿感叹道："好美，跟九天仙女一样。"

接着，茶朦朦大大咧咧地坐在娄鸾鸾身旁，端起一杯茶，一口饮尽："这茶味道不错。"

嗯，这位仙女有些豪放。

宝儿目瞪口呆，有点受伤。娄鸾鸾明白宝儿的心情，本以为茶朦朦是弱柳扶风的女子，结果她走的却是武侠风，也难怪宝儿一时之间接受不了。

娄鸾鸾让宝儿先下去"疗伤",自己和茶朦朦附庸风雅一番:"今日外头日光正好,微风拂面……"

茶朦朦嘴角噙笑:"晨妃,咬文嚼字、舞文弄墨并非你我所擅长的,我们怎么舒服怎么说话。"

真人面前不说假话。娄鸾鸾轻咳一声道:"你叫我鸾鸾就好,我怪不习惯晨妃这称呼。"

"也罢,你也别茶郡主长、茶郡主短地叫我,叫我朦朦就好。"

两个年纪相仿的女子相视一笑,娄鸾鸾问出心中潜藏许久的好奇:"其实我想问问,你为何一定要抢那枚玉佩?"

茶朦朦哼了一声:"不是我要抢那枚玉佩,而是那枚玉佩原本就是我的。"

"可是……"娄鸾鸾不解,赵易赵将军不是说,那玉佩自他出生起便佩戴在身吗?

"你别听他的鬼话,什么玉佩他从小便戴在身上,他这人嘴里就没几句实话,什么少年将军、皇上身边的红人,其实就是一个道貌岸然、风流成性的无耻之徒。"

娄鸾鸾张了张嘴,不知该如何回话。

眼见天色已晚,茶朦朦便告辞离开。

刚到宫门口,茶朦朦又撞见赵易。仇人相见,分外眼红,茶朦朦白眼一翻,朝前走去。

赵易悠悠然跟在她身后:"我是洪水还是猛兽,你有必要这么

074

怕我？"

一听这话，茶朦朦连连冷笑："我怕你？赵易，你担心风大闪了舌头，我茶朦朦会怕你？"

听她说不怕自己，赵易眼底闪过一丝不易察觉的笑意，旋即嘴角微扬："是吗？你不怕我，那为何方才看都不看我一眼？"

"我懒得理你。"茶朦朦恶狠狠地瞪了他一眼，目光又落在他腰间，一字一句道，"总有一日，我要你心甘情愿地摘下那玉佩。"

真是执着啊。赵易忍俊不禁，把玩着扇子，亦步亦趋地跟在她身后，一副闲情模样："那我等着，茶郡主千万不要让在下失望。"

茶朦朦猛地转身，一个黑虎掏心。赵易嘴角笑容未收，身形微移，轻轻松松躲过了她的突然袭击。茶朦朦落了空，恨自己技不如人，转身欲走，却听到赵易凉凉的声音。

"你如果真想要这玉佩，三日后朱雀街见，比试输的人必须答应赢的人一件事，到时候你可要回玉佩，不过……"他欲言又止。

"不过什么？"茶朦朦问。

"不过……"赵易打开扇子，广袖一挥，笑得恣意妄为，"你输定了。"

是夜，娄鸾鸾在榻上翻来覆去，无法入睡，她在想白日之事，以她看过无数话本的经验来看，赵将军和茶郡主之间肯定有故事。

一夜无眠。

翌日，娄鸾鸾睡眼惺忪，精神萎靡，宝儿见她这副模样，嘟囔道："您昨晚做贼去了吗？您这眼皮肿得眼睛都变小了一圈。"

娄鸾鸾刚喝了一口茶，闻言被烫得龇牙咧嘴。

"娘娘，您是不是有什么烦忧之事，说给宝儿听听啊，没准宝儿能给您出出主意。"宝儿认真道。

娄鸾鸾捏了捏她的脸："我的烦恼，你这小脑瓜子解决不了。"

宝儿将自己的圆脸从她的魔爪中解救出来，口齿不清道："那我解决不了，皇上总解决得了。"

一语惊醒梦中人！娄鸾鸾笑眯眯地夸赞宝儿："宝儿现在越来越聪明了。"

宝儿害羞地低下头，小胖手揉着衣角。

娄鸾鸾转念一想，又有些忧心忡忡，景霄日理万机，哪里会理会这些风花雪月的事情。她叹了口气："皇上不会理我的。"

"皇上怎么可能会不理您，不理您，就不会召您侍寝了。"宝儿理所当然道。

娄鸾鸾刚端起茶，又被宝儿的语不惊人死不休吓得呛咳，宝儿连连拍她后背："您慢点喝，慢点喝。"

歇了口气，娄鸾鸾对宝儿道："之前我们做的安神香囊还有吗？"

"有呢。"宝儿点点头，返身去取，"只剩下一个了。"

娄鸾鸾接过："一个就够了。"

076

此时，含凉殿中。

景霄正在批阅奏折，陈公公见他时不时抬头，一副心神不宁的模样，于是问道："皇上可是渴了，奴才给您倒杯茶去。"

景霄摆摆手："不必了。"

陈公公正欲退下，一个小太监道："晨妃娘娘恳请面见圣上。"

话音刚落，景霄猛地起身，察觉不妥后，他又淡定地坐回去，沉声道："快宣吧。"

陈公公了然一笑，快步走出含凉殿。

趁这空隙，景霄快速整理好桌上的奏折，见案几干干净净，他皱了皱眉，又重新打乱，做出一副忙中有序的模样。

他刚做完一切，娄鸾鸾便在陈公公的带领下踏进殿内。

请安过后，陈公公识趣地退下。娄鸾鸾站在殿内，看着左右两边的盘龙柱，思考着该如何开口。

景霄见她迟迟不开口，沉声道："你来找我有什么事情？"

娄鸾鸾斟酌一番道："我听陈公公说，您近日睡眠有恙。"

闻言，景霄愣了愣，敛下快溢出嘴角的笑意，却没止住心中欢腾的小马驹，淡淡道："没想到你还挺记挂我。"

娄鸾鸾暗暗腹诽：我不是关心你，我是关心你手中紧攥的故事。

她垂下眼睫，从袖中掏出香囊，恭恭敬敬地递给他。

景霄垂眸看了眼案几上的香囊："这是……"

"这是我做的香囊，里面放有安神之物，能让人凝神静气，您每天佩戴在身上，夜晚便可安枕入梦。"

景霄点点头："你有心了。"

"只要您喜欢就好。"娄鸾鸾笑道。

他当然喜欢，只要是她送的，无论是什么他都视若珍宝。景霄抿了抿唇，吞下险些脱口而出的心里话，轻声道："我批阅奏折也累了，你陪我去御花园走走。"

"好啊。"娄鸾鸾满口应下。逛御花园再好不过了，趁着阳光和煦之时，她便可以旁敲侧击地问起有关茶郡主和赵将军的事情。

景霄将香囊放进衣袖中，率先往前走，娄鸾鸾紧随其后。

两人一前一后走着，景霄刻意放慢脚步，走了几步，一回头，见娄鸾鸾还在三步开外，顿觉不满："你怎么走这么慢？"

娄鸾鸾心中不服，却又不敢发作，他一个腿长的人，就不能照顾一下她的小短腿吗？纵然心中不满，但她抬头时已换了一副巧笑倩兮的模样："我这就走快点。"

两人一前一后来到一座亭子中，娄鸾鸾还未坐下，景霄的声音凉凉传来："这就累了？"

娄鸾鸾立马站直："没有，我一点都不累。"

"是吗？"景霄故意逗她，与她擦身而过，悠悠然坐在石凳上，"我累了，先休息一下。"

娄鸾鸾气得默默磨着后槽牙。她万万没想到，自己竟然被景霄摆了一道。

瞥见他优哉游哉的模样,她欲哭无泪,只好干巴巴地站着。

看着她一副敢怒不敢言的模样,景霄心中好笑,末了清了清嗓子道:"坐下吧。"

"谢皇上。"她二话不说便坐下。

两人相对无言,静默片刻,娄鸾鸾终于憋不住,率先开口:"那日之事……我是说赵将军和茶郡主的事情,我绝没有告诉别人。"

"嗯。"景霄轻轻地点了点头,似乎并不在意此事。

"您没罚赵将军吧?"她问。

听到这名字,景霄眸光微敛,定定地看着娄鸾鸾:"你问他做什么?"

瞧他那副如临大敌的模样,好似她会吃了人家一般,她忙道:"没有没有,只是那日他们闹得凶,我怕您会因为郡主的身份降罪于赵将军。"

景霄并不傻,见她的话始终围绕着二人,一脸揶揄地看着她:"我怎么觉得你话里有话?"

娄鸾鸾索性开门见山,不再曲折迂回地说话:"其实,我挺好奇茶郡主和赵将军之间的事情。比如那枚玉佩,为何赵将军佩戴在身,茶郡主却说那是她的物件。"

"所以,你今天特意来找我,是为了解开这个疑惑?"景霄收了笑容,眉头微皱地看着她。

"绝不是。"她忙表明心意,"我只是、只是有点好奇。"

景霄自顾自嘟囔了一句："什么都好奇，唯独不好奇我。"

"您说什么？"她没听清。

"没什么。"景霄敛眸，转念一想，如果现在告诉她，那以这小白眼狼的心思，肯定二话不说便将他抛诸脑后。作为一个优秀的君主，他必须懂得放长线钓大鱼的道理。

于是乎，他起身："我突然忆起有些重要奏折还没批，先回去了，此事以后再说。"

"啊？"娄鸾鸾弱弱道，"可是您方才不是说……"

"我说什么了？"景霄眸中带笑。

娄鸾鸾郁闷地吐出一口浊气："没、没什么。"他不想说，她也不能强行撬开他的嘴，只是今天她白忙活一场了。

于是，此事不了了之。

回去的途中，景霄从衣袖中掏出香囊，仔细闻闻，香囊的确有一股清淡的药香味，与娄鸾鸾一般，恬静却让人难以忘怀。

突然，两个小宫女迎面走来，两人有说有笑，手上还拿着和他放入袖中的同款香囊。

见到景霄，两个小宫女忙收了笑意，惶惶不安地跪下请安。

景霄垂眸看着其中一个小宫女手中的香囊，淡淡问道："你手里拿的是什么？"

"回、回皇上，这是香囊。"小宫女回答。

"朕知道是香囊，此物从何而来的？"景霄问。

小宫女不明白一个小小的香囊为何惹得皇上频频发问,但她还是老老实实地回答:"回皇上,这是晨妃娘娘赐给奴婢的,不只是奴婢,还有好几个姐妹都有。"

"都有?"景霄嘴角微抽。

"因为奴婢们经常夜不能寐,所以晨妃娘娘专门做了香囊,分给我们。"小宫女解释的同时还不忘夸一夸娄鸾鸾,"晨妃娘娘对我们这些奴才很是怜惜,十分平易近人,从来不会对我们疾言厉色。"

"你们先下去吧。"景霄沉声道。

两个小宫女舒了一口气,立马脚底抹油溜走。

待她们走远后,景霄从袖中掏出香囊,又好笑又好气:"娄鸾鸾,你可真是好样的。"

"阿嚏!"回到宫中的娄鸾鸾打了个喷嚏。

宝儿忙迎上来:"娘娘别是着凉了,宝儿早说过了,出去要多带一件披风,您就是不听。"

眼见宝儿又开始碎碎念了,娄鸾鸾头疼不已:"只是鼻子痒而已。"

"宝儿煲了银耳燕窝汤,您要喝点吗?"宝儿说道。

"我不饿。"瞥见宝儿失落的表情,娄鸾鸾叹了口气,"算了,去端来给我吧。"

"嗯,您稍等。"宝儿满心欢喜地走出去。

"姐姐,你如果吃不下,就不要勉强了。我早就让你把宝儿给我，我一定会善待她的。"丁嫔突然出现在娄鸾鸾身后，幽幽说道，吓得她差点英年早逝。

她喝了口茶，定了定心神："丁妹妹，下次麻烦你走正门好吗？人吓人可是会吓死人。"

"好吧，好吧。"丁嫔吐了吐舌头，"走正门太慢了，翻窗多快。"

娄鸾鸾白了她一眼："我知道你出身武将家，就别一直提醒别人你那点拳脚功夫了。"

说完，她突然直勾勾地盯着丁嫔，丁嫔被她的眼神看得毛骨悚然，退后一步道："姐姐，你这样看着我做什么？"

娄鸾鸾微微一笑："你们家是武将世家，那你认不认识赵易赵将军？"

"不是很熟……"丁嫔弱弱道。

"嗯？"娄鸾鸾挑眉。

丁嫔缴械投降："好了好了，算认识吧，幼时我们有些交情。"

闻言，娄鸾鸾心中一喜，这真是踏破铁鞋无觅处，得来全不费功夫。她忙拉着丁嫔坐下，又给丁嫔备好水果点心："来，说说。"

丁嫔一头雾水："说什么？"

"赵将军赵易的故事。"娄鸾鸾一脸正色。

"话说那日飞沙走石，到处是白骨成堆，血流成河，天上秃鹫盘旋，正盯着下方奄奄一息的士兵。就在此时，一个满身血污的士

兵艰难地从死人堆中爬起来，还没走几步，却遇到了敌人。

"眼瞅着手无寸铁的士兵要亡于敌人剑下，只见一叶片直直而来，如利剑一般扎进敌人手心。敌人惨叫一声，手中长剑落下。下一刻，一个身披铠甲，如天神一般的男子从天而降，手起刀落，敌人都来不及吭一声便没了气息。那人便是战无不胜、攻无不克的赵易赵将军，他不过弱冠年纪，却已生得丰神俊朗，俨然战神附体，敌人见了他，无不闻风丧胆。传闻他手中有一把利斧，斧头漆黑如墨，但最开始，那斧头却是最坚硬的白铁锻造而成，之所以漆黑如墨，是因为浸染了无数人的鲜血，久而久之，便成了这颜色……"

客栈中，一个山羊胡子的老头儿正滔滔不绝地说着当朝少年将军赵易战场杀敌的丰功伟绩。

"这老头儿真是胡说八道。"一个面容清秀的青衣男子说道，"什么染了血的斧头，公子您明明就是用剑。"

闻言，赵易收拢扇子，浅浅一笑："说书嘛，总是要夸张一些。"

"那也太夸张了吧。"青衣男子不满地嘟囔，面露难色，"而且民间如此夸大您的功绩，万一传到有心人的耳里，到圣上面前告您一状怎么办？"自古以来身为臣子最忌功高震主，他委实害怕自己的主子无形中被小人下了套。

"怕什么。"赵易倒了杯茶，慢悠悠地喝着，"清者自清，何况，圣上并不愚笨。"

"公子……"

"好了,长风,多说无益,好好听。"赵易拍了拍他的肩膀。

青衣男子,也就是长风,左顾右盼一番,又抱怨道:"您不是说约了人,这都一个时辰过了,怎么还没来?"

赵易轻轻吹了吹茶叶,嘴角勾起一抹浅笑,眸光如山间春色般清浅明媚:"她马上来了。"

话音刚落,茶朦朦已进入他的视线。她依旧一身红衣,英姿飒爽,像山间最耀眼的一簇红山茶,染着晨曦,一点一滴入了他的眼。

看到茶朦朦,长风冷汗淋漓:"公子,您约的人该不会是茶郡主吧?"

赵易瞥了他一眼:"正是。"

长风害怕地咽了咽口水,已经在筹划逃跑路线了。这茶郡主可不是个善茬儿,别看她长着一副人畜无害的模样,要是发起怒来,三个他都不是她的对手。

这世间,也就自家公子敢这样招惹她了吧。

"你如果害怕,就先走吧。"赵易笑了笑,好心提醒,"顺便将桌上的糕点打包带走。"

长风干笑:"那长风恭敬不如从命了。"

茶朦朦见长风看都不敢看自己一眼,哼了声:"你为什么低着头,我有那么可怕吗?"

"郡、郡主说笑了。"长风抹了一把额头的冷汗。

"郡主,长风胆小,你可别吓到他了。我记得几年前,你将一

条小蛇放进他的床榻中,吓得长风整整三晚不敢入睡。如今他一朝被蛇咬,十年怕井绳,现在看到绳子都还会抖上三分。"

说到此事,茶朦朦咬牙切齿道:"如果不是你害得我的绵绵差点被老鹰叼走,我会报复你吗?"何况,她明明是将无毒的小蛇放进赵易的床褥,怎么会跑到长风那儿,显然是有人调包,故意栽赃于她。

绵绵是茶朦朦最喜欢的一只狗,跑起来和雪团子一般。那时赵易在路上偶遇绵绵,本想逗逗,结果一只老鹰飞来,二话不说便将它叼走了。若不是他眼疾手快抛出石子打伤老鹰,那雪团子早已重新投胎了。

"你不是说要比试吗,比什么?"茶朦朦道。

"比武……"赵易抬头,对上她茶色般的眸子,"你也比不过我。"

"你!"茶朦朦气怒。

赵易的目光环顾四周,落在一个哭闹不止的孩子身上:"那我们就比耐心吧。"

"耐心,这是何意?"茶朦朦不解。

赵易指了指不远处坐在地上哭闹的孩子:"你看到那孩子了吗?如果我们谁先哄他高兴了,谁就赢了。"

茶朦朦冷笑:"这有何难。"

言罢,她起身走到孩子身边,蹲下身,面无表情道:"小孩,别哭了。"

孩子哭得更大声了。

看着哇哇大哭的孩子，茶朦朦一时之间手足无措，却不想被赵易那厮看了笑话，于是从衣袖中掏出一锭银子："你别哭了，我把银子给你。"

可半大的孩子哪里知道银子是何物，刚拿到就赌气地扔到一边，又继续哭得肝肠寸断。

赵易摇摇头，走到孩子面前，蹲下，温柔地问道："要不要看哥哥变戏法？"

孩子抽噎着看着他。

赵易伸出一只手，他的手修长白皙，骨节分明，手掌因为常年握剑，长着厚厚的茧。他那温润如玉的模样，一点都不像将军，唯有手上的伤痕和厚茧，才能证明他征战沙场，九死一生过。

茶朦朦盯着他的手出神。

赵易变戏法一般变出一只栩栩如生的小鸟儿，递给孩子。孩子瞪圆了双眸，崇拜地看着赵易，旋即拍着小手道："哥哥好厉害。"

赵易温柔地摸摸他的脑袋，又捡起被他扔掉的那一锭银子，说道："乖，这银子是姐姐送给你的，可以买好多好多好吃的，你快收起来，免得她待会儿反悔了要回去。"

"谢谢哥哥。"孩子奶声奶气道，"谢谢姐姐。"

自绵绵离开后，茶朦朦便不再喜欢软绵绵的东西。可见孩子一笑，她的心如融化一般，脸上不自觉漾开一抹笑，轻轻"嗯"了声："快走吧。"

目送孩子走远后,茶朦朦收回目光,见赵易一眨不眨地盯着自己,当即俏脸一沉,冷声道:"你看着我做什么?"

"没什么。"赵易淡淡道,"你输了。"

"这局不算。"她说道,"哄孩子算什么,我们比一比别的。"

赵易也任由她胡闹,眼中含着几分宠溺:"那你说,比什么?"

茶朦朦看了一眼台上的说书先生,说书先生正说到赵易是水中小白龙,她眼珠一转,计上心来:"那就比憋气。"

赵易一挑眉。

"怎么,你不敢?"茶朦朦故意挑衅,"莫非你这水中小白龙的名号是假的?"

"郡主,你不用刻意刺激我。"赵易收起扇子,云淡风轻道,"比就比。"

"我们去老地方。"茶朦朦抓起剑,率先离开。

赵易在她身后无奈地摇摇头,旋即跟上。

老地方说的是朱雀街外的一片山林,林边的湖水,若九天瑶池,此地鸟鸣清脆,不失为一处赏花赏月的好去处。

赵易站在湖边,看着湖光山色,微微叹息一声:"此等好风光,用来比试,委实暴殄天物……"

话还没说完,他身子一顿:"你这未免有些胜之不武吧?"

确认把赵易定住之后,茶朦朦收回手,一脸得意:"我看是你太久没上沙场,掉以轻心了吧。"她双手叉腰,绕着他优哉游哉地转圈,"从一开始我就没想和你比试,配合你不过是障眼法罢了。你以为我会乖乖上当吗?什么变戏法,没准是你提前安排好的。"

"郡主,你这就是以小人之心度君子之腹了。"赵易故作一脸伤心,"没想到我们从小一起长大,也认识了这么多年,你还是不相信我。"

茶朦朦俏脸一黑,仿佛被他这句话触了逆鳞:"谁和你从小一起长大?"

她走到赵易跟前,伸手朝他的腰间探去,毫不犹豫地摘下那枚玉佩,细眉一挑,很是得意:"赵小将军,这一次是我赢了,得罪了。"

她环顾一圈,故意一脸同情道:"你一时半会儿也走不了,就好好站在这里欣赏欣赏风景。夜凉如水,赵将军可千万别着凉了。哦,这里还有毒蛇猛兽,你自个儿小心。"

赵易不言不语地看着她。

茶朦朦轻咳一声,被他的目光盯得有些不自在:"你别这么看我,这玉佩本来就是我的,若你早早还给我,也不至于闹到现在这境地。"

赵易勾了勾唇,依旧不说话。

茶朦朦转身离开,走了一半,又返回,将腰间的匕首扔到他脚边:"两个时辰后穴道会自行解开,至于会不会遇到野兽,就看你的造化了。"

说完,她不再停留,返回府邸。

茶老丞相的府邸和赵老将军的府邸相对而立，彼此就隔着一条街，让茶朦朦不解的是，明明两家老人老死不相往来，却为什么没人愿意搬走。

"茶郡主。"一道弱弱的声音响起。

茶朦朦将思绪收回："长风，什么事？"

"我家、我家公子呢？"长风壮着胆子问道。明明不久前他们还在一起，可现在怎么只有她一人回来？

难道，自家公子惨遭她的毒手了？长风瑟瑟发抖，可转念一想，他家公子是谁，天生的战神，一个女流之辈哪里奈何得了他家公子。

茶朦朦轻咳一声："你家公子好手好脚，自己会走，我怎么知道他去哪儿了？"说完，不等长风再问，忙踏进自家的府邸。

长风追了一步，忙止住步伐，再往前走，若是被茶老丞相家的人知道，他这双腿就不保了。

茶朦朦回屋后，却始终不安，思来想去，她还是从后墙翻了出去。

算了算了，她只是想拿回玉佩，并不想要了赵易的命。

夜晚的山林仿佛蒙上一层纱，远处有不知名的野兽发出怪异的叫声，听得人毛骨悚然。她踏过草丛，来到湖边，却没有看到赵易的身影。

难道他已经离开了？

可是，那穴道要两个时辰才能解开，现下不过才过了一个时辰。

她环顾四周，发现地上散落着一件衣裳。她蹲下一看，见衣裳上有斑斑血渍，心猛地一紧，赵易……该不会出事了吧？

远处有狼嚎的声音，其声嘹亮，似乎在庆祝什么。茶朦朦咽了咽口水，压下心头的不安，握紧手中的长剑，无声无息地向山林靠近。

还未走近，她已看到几双绿油油的眼睛，那眼睛在漆黑的夜色中嗜血且残忍。突然脚下蹿过一只兔子，她吓了一跳，压住快冲出喉咙的尖叫，不承想这一动静已引起那群野狼的注意。

几乎不给她任何反应的机会，一只浑身漆黑、长着可怕獠牙的野狼猛地朝她面门冲来。

下一刻，天旋地转之间，她被一具温暖的身躯扑倒。电光石火之间，来人扬起手中的匕首，快准狠地在野狼喉咙划了一刀。野狼嗷呜一声惨叫，滚落在旁。

赵易紧紧抓着茶朦朦的手，语气深沉严厉："你愣着做什么，还不快跑。"

耳边是呼呼的风声，茶朦朦低头看着两人紧紧相握的手。不知道跑了多久，两人终于将那群野狼甩到身后，得以歇口气。

赵易坐在地上微喘气，眸子在夜色下璀璨如星："茶朦朦，迟早有一天我会被你害死。"

茶朦朦一边喘气，一边反驳："这话应该由我来说，迟早有一天你会害死我。"

一听这话，赵易呵呵一笑："也不知道刚才是谁救了你，我若

再晚来一步，你现在已经成为那群野狼的盘中餐了。"

"要不是来找你，我至于被它们袭击吗……"茶朦朦脱口而出，瞥见赵易似笑非笑的模样，她气闷地起身，手腕却被赵易握住。

"放手。"她狠狠道。

"不放，你又能奈我何……"话音还未落下，茶朦朦"唰"地抽出长剑，抵在他脖颈上。

面对横在脖颈上寒光闪闪的长剑，赵易不为所动："怎么，想灭口？"

茶朦朦嘴角翘了翘："也不是不可以。"

"那你杀吧。"赵易闭上眼睛，语气一派轻松，"反正活着，迟早有一天也会死在沙场上，还不如死在美人手下，也值得了。"

"神经病。"茶朦朦用剑柄狠击了他一下手腕。

赵易吃痛收手，趁此空当，茶朦朦转身就走。

"茶朦朦，站住。"赵易在身后喊道。

"你以为我会听你的话吗？"茶朦朦哼了一声，头也不回地往前走。结果还没走几步，脚下突然一软，还未反应过来，她已经跌进一个深坑中。

不知道是哪个猎人设的陷阱，茶朦朦恨得咬牙切齿，但深坑四处没有一处能攀手的地方，她尝试了几次，依旧在原地打转。

赵易走了过来，故作叹息地摇摇头："我都叫你小心点了，你还是一意孤行地往前走。看吧，掉坑里了吧。"

"你早就知道！"茶朦朦反应过来，"你故意的。"

赵易也不怕一身白衣沾了灰，优哉游哉地坐在坑边，眼波流转："难得茶郡主聪明一回。"

"你早就解开穴道了，然后使用障眼法，故意将我带到这里，就是让我掉在这坑里？"茶朦朦好生后悔，她怎么忘记了，眼前这人并不是只会舞文弄墨的翩翩佳公子、羸弱书生，而是战无不胜的将军。他熟读兵书，三十六计信手拈来，怎么会着了她的道，恐怕这是一招将计就计，为的就是引她来。

"你太卑鄙，太无耻了。"茶朦朦咬牙切齿。

"彼此彼此。"赵易淡淡道，"既然茶郡主想玩，那我如果不陪你好好玩玩，岂不是拂了你的意？你说是不是？"

"快拉我出去。"她恨恨地威胁道，"否则等我出来，要你好看。"

赵易轻笑："郡主，这可不是求人的态度，如果你轻言细语，对我温柔一些，我也许还会考虑拉你出来。否则，你今晚就在这坑里看星星赏月吧。"

"你求我求你，我都不会求你。"茶朦朦生得一身硬骨头，从不轻言低头，"赵易，等我出来，你会后悔今天的所作所为。"

"是吗？"赵易面色一变，"那我真是害怕极了。"说着，眨眼之间，他已稳稳跳进坑中，眼疾手快地点了她的穴位。

茶朦朦动弹不得，只能瞪着他："你想干什么？"

"礼尚往来罢了。"赵易淡淡一笑，"不过茶郡主，你这点穴

092

的功夫还要再练练，太差了。"

他说完，瞥见她眼底的泪光，嘴角的笑意敛了三分："你哭了？"

茶朦朦梗着脖子一言不发。

赵易抿了抿薄唇，终是不忍心，伸手解开她的穴道。下一刻，她猛地一脚踹在他小腿上，用力抓住他的手腕，狠狠一捏。

赵易痛得皱眉，却是笑着道："你骗我。"

茶朦朦眼底含着泪，却是笑着："兵书没教你什么叫兵不厌诈吗？赵将军。"

"那兵书有没有教你，什么叫置之死地而后生？"赵易邪魅一笑，伸出另一只手，猛地抱住她的腰肢，足尖一点，几个纵身跃起后，两人站在了一棵苍天大树上。

看着摇摇晃晃的树枝，茶朦朦有些害怕。她正想动，赵易的声音从头顶传来："如果你不想摔成肉酱，最好别乱动。"

闻言，茶朦朦一动都不敢动了。

确认她安分后，赵易放开她，自己寻了一根树枝坐下。

夜凉如水，月华淡淡洒在树梢上，投下一片浅浅的浮光。浮光中，他的身影缥缈悠远，侧脸宁静温和，茶朦朦本气愤不已，触上那双宁静的眸子，蓦地安静下来。

"赵易，"她开口，"放我下去。"

赵易并不理会她。

"我……我有点冷。"她实话实说，站得高看得远，相应的也冷得很。

闻言，赵易终于动了动，二话不说脱下身上的衣裳，递给她："穿上吧。"

"那你……"荼朦朦道，"你只穿一件里衣，不冷吗？"

赵易勾唇一笑，说："多谢荼郡主关心。不过你放心，这点冷冻不着我。"

也是，他常年在外，饱经风霜，早就练就一身铜皮铁骨，哪里那么脆弱。

"不就是握了几年剑，杀了几个敌人，有什么了不起的。"荼朦朦言不由衷道。

赵易也不在乎她的冷嘲热讽，只是叹息一声："我也不想握剑杀敌，只想和心爱的女人吟诗作对，做一对平凡夫妻。"

"那你注定这辈子没法梦想成真了。"她毫不客气地搅碎他的梦想。

赵易不置可否："未来那么长，什么都有可能发生，谁知道呢？或许哪一日我就身中埋伏，死在敌人手下了呢。"

听到这话，荼朦朦心头一颤，细眉微蹙，没好气道："你难道没听说过一句话吗？好人不长命，祸害遗千年。你这祸害，没准比千年乌龟还要长命呢。"

说完，见到赵易猛然逼近的清隽面庞，她往后移了移，故作镇定道："你干什么？"

赵易轻笑一声："虽然是安慰人的话，但我怎么听着这么别

扭呢。"

茶朦朦哼了声。

最后,茶朦朦不知道自己是怎么回到府邸的,等她醒来时,已经躺在软榻上,身上披着的衣裳还在。

想也知道,能不惊动府里的护卫,悄无声息地把她送回府,只有赵易办得到。她在意的不是这些,而是她为何会在他身边睡着,明明他们是势同水火的死对头。

"小姐,您醒了吗?"门外是莲儿的声音。

茶朦朦忙将衣裳收好,确认无虞后才道:"醒了。"

"吱呀"一声,门被人推开,莲儿端着洗漱用品进来。

茶朦朦洗漱完毕后,对莲儿道:"今日我要进宫一趟,对了,我昨日让你准备的东西备好了吗?"

"准备好了。"莲儿欲言又止,"小姐,这是我在门口捡到的。"

茶朦朦接过莲儿递过来的九连环,顿了顿,说道:"莲儿,你先下去吧。"

莲儿应声下去,茶朦朦反身抽出赵易的衣裳,轻轻抖了抖,果然抖出一张小字条。他的字清隽有力,上方写道:"若要与我井水不犯河水,那先解了这九连环再说。"

井水不犯河水……

是了,她昨夜睡着之前,似乎和他说过这句话,这赵易怎会如此幼稚?

第五章

怎奈好心办坏事

茶朦朦自是解不开九连环，虽然她解不开，但不代表别人不行。想了想，她进了宫，去了晨曦宫。

　　娄鸢鸢对九连环爱不释手，接连保证："解开后，我一定马上派人送还给你。"

　　得到娄鸢鸢的保证，茶朦朦心满意足。那晚她本拿回了玉佩，赵易那厮又趁机偷了回去，还说只要她解开九连环便将玉佩还给她，可他又没说她不能寻求别人帮忙。呵呵，赵易啊赵易，你千算万算，可还是漏算了一步。

　　茶朦朦已经迫不及待想看到他那张震惊到不甘的俊脸了。

　　想想就颇为激动。

　　"朦朦，你自顾自笑什么呢？"娄鸢鸢一抬头，瞥见茶朦朦诡异的笑容，害怕地往后挪了挪。

　　"咳……"茶朦朦收了笑，掩饰道，"没什么，没什么。"

　　送走茶朦朦后，娄鸢鸢专心致志地研究九连环。她喜欢玩这些有趣的物件，小时候也解过不少，可这九连环十分奇特。

宝儿见她一晚上都在摆弄这叮叮当当的物件，饭都没吃，于是劝道："娘娘，这有甚好玩的，先用膳，您看您这几天都瘦了。"

娄鸢鸢放下九连环，捏了捏腰间的赘肉，觉得宝儿睁眼说瞎话的本事越来越厉害了。

"我吃饭，你去将李友病叫进来。"她道。

宝儿立马听话地去找李友病了。

不久后，李友病出现，他一眼看到案几上的九连环，眼睛都亮了几分："这九连环当真奇特。"

"你不是见多识广，看看能解吗？"娄鸢鸢问道。

李友病喏了一声，接过九连环摆弄了一番，接着苦着一张脸道："娘娘，这九连环比其他的九连环特别一些，能否让奴才研究一晚上，明日再给你。"

娄鸢鸢摆摆手："拿去，拿去。"

翌日，李友病挂着两个黑眼圈向娄鸢鸢请罪："娘娘，奴才实在解不开。"

"唉！"娄鸢鸢叹息一声，"连你也解不开。"

瞥见李友病欲言又止的模样，娄鸢鸢道："有话就说。"

"娘娘，事先说好，您千万别生气。"李友病谄媚一笑。

闻言，娄鸢鸢挑了挑眉："你先说。"生气是不会生气，最多惩罚而已，罚他吃几顿清粥和咸菜还是可以的，这李友病别又是油嘴滑舌骗了别宫的宫女。

"奴才昨天真是废寝忘食地解九连环，可解了半天还是解不开，辜负了您的期待……"不管说什么，拍马屁就对了。

"说重点。"娄鸾鸾捏了捏眉心。

"奴才解不开九连环，可是有个人却解开了。"

娄鸾鸾一喜："谁解的？怎么解的？"

"回娘娘，是皇上。"李友病实话实说。

娄鸾鸾呆若木鸡，回过神后，她不确定地问了一句："你是说，皇上解了这九连环？"

李友病"扑通"一声跪下："不仅如此，我还和皇上说，无论谁解了这九连环，娘娘都会有大赏赐。"

娄鸾鸾斜眼看他："李友病，你知道假传我的话，会是什么后果吗？"

"娘娘，"李友病抬头，一脸心虚，"算账的事情能不能往后缓缓？"

"为什么？"娄鸾鸾怒极反笑，"难道皇上马上就过来讨赏了？"

说曹操，曹操就到。前脚李友病刚说完，后脚景霄便来了。生怕娄鸾鸾的余怒波及自己，李友病跪安后脚底抹油立即遁走。

李友病一跑，殿内就只剩他们二人。

景霄从宽袖中掏出解开的九连环，好整以暇地看着娄鸾鸾："你什么时候开始玩这些了？"

娄鸾鸾当然不会实话实说："呵呵，打发日子而已，让您见笑了。"

景霄修长的手指摆弄着九连环，娄鸾鸾的视线不禁被他的手指吸引。他有一双秀美如玉的手，手指白皙，骨节分明，这双手在摆弄九连环的时候，分外养眼，实在是不可多见。

　　此刻，这双手的主人将九连环递给她："你再拆一遍。"

　　娄鸾鸾艰难地接过。

　　见她摆弄半天不得其解，景霄轻笑一声："怎么，不会吗？"他脸上的揶揄再明显不过，"如果不会，我可以教你。"

　　娄鸾鸾抬头，静静地看着他。他脸上那份得意再明显不过，左眼写着"你求我呀"，右眼写着"你求我，我都不一定会教你"，她默默地想，自食其力才是王道。

　　于是，娄鸾鸾微微一笑："不用了，我自己来。"

　　景霄点点头，坐在一旁静静观望。

　　娄鸾鸾仔细琢磨手中的九连环，脑海中仔细回忆一遍景霄重组九连环的顺序。俗话说得好，万变不离其宗，拆解和重组，往往只是调个顺序罢了。

　　景霄静静地看着她。

　　娄鸾鸾垂眸之际，长睫垂下，细眉微蹙，薄润的唇瓣微抿着。

　　十五岁那年，他被从天而降的她压伤了腿，但也是从那一刻开始，她强势住进了他的心底。这么多年过去，她变了许多，唯一不变的是她眼底的那份韧劲儿。

　　"我解开了。"娄鸾鸾抬头，猛地撞上景霄一眨不眨的目光。

四目相对,景霄默默地移开视线,娄鸢鸢装作若无其事地低下头,继续有一搭没一搭地摆弄九连环。

这气氛忒尴尬。

"我看看。"景霄起身,拿过她手里的九连环,嘴角微翘,故意道,"不尽如人意。"

果然,方才还尴尬不已的娄鸢鸢,蓦地抬头,一副敢怒而不敢言的样子。

"不过虽然解得慢,你倒也解开了。"景霄打一巴掌给一颗糖吃,"这么看来,你并不笨。"

娄鸢鸢磨着后槽牙,景霄这副明显炫耀的样子,摆明了是来"挑衅"她的,她接是不接?不接委屈,接了,万一他一个不高兴,治她一个以下犯上的罪,再把她打入天牢一日游怎么办?

娄鸢鸢欲哭无泪,在皇帝眼皮子底下讨生活真艰难。

算了,多一事不如少一事,既然他想炫耀,那便让他得意个够。她就负责溜须拍马吧,马屁越多,她的脑袋就越安全。

于是乎,娄鸢鸢笑容灿烂:"我也是托了您的福,若不是您演示一遍给我看,我也解不出来。所以说,您才是最厉害的,我对您的敬仰犹如滔滔江水,绵延不绝。"

景霄靠近她一步:"你这些话是出自真心的吗?"

娄鸢鸢后退一步:"肺腑之言。"

"适才你说,无论是谁解开这九连环,你都重重有赏?"他又问道。

"是、是的。"娄鸾鸾一脸心虚。她的重重有赏只针对宫女太监,不包括高高在上的九五至尊,他要真向她讨赏,她怕是把晨曦宫搬空了,也未必入得了他的眼。

景霄转身坐在软榻上,随手拿起一本书:"我饿了。"

"我马上叫宝儿去小厨房做吃的,您稍等。"顿了顿,她又补充道,"宝儿厨艺高超,做的饭食不比御膳房差,保证您吃过一回,便念念不忘了。"

"哦,是吗?"景霄懒洋洋道,"没想到你宫中还有这等人才。"

娄鸾鸾谦虚地低下头。

"可是我今日只想吃点清淡的。"说着,他的目光落在娄鸾鸾身上,"不如你给我煮碗面吧。"

娄鸾鸾僵了片刻,不确定道:"我?"

景霄挑眉:"怎么,你连给我煮碗面都不愿意?"

"愿意,愿意。"娄鸾鸾忙应下,生怕触了他的逆鳞,"只是您吃惯了珍馐美食,我这手艺可能入不了您的眼……"

"做得难吃我也不治你的罪。"景霄含笑道。

瞥见他眼底的那份揶揄,娄鸾鸾百思不得其解,近日她都安安分分待在自己宫中,也没惹怒他,可他一副"找碴"的模样是为什么?

但圣命难违,她也只好亲自洗手做羹汤。

煮面不难,烧水、放面,搅一搅,再放一些调料便可,她回忆

102

了一番宝儿的做法,成功地煮出了一碗面。

可惜,这也只是表面成功罢了。

娄鸾鸾叹息一声,她好像放多了盐,景霄吃了一口就被咸得直喝茶。她当然不会承认自己是故意的,不过她手一抖,不小心罢了。

景霄也不是真想吃面,只是想"报复报复"她罢了,可没想到,"报复"不成,他自己倒是先着了道。

生怕自己被这碗面咸死,景霄不慌不忙地从宽袖中掏出香囊,淡淡道:"自从你送了这香囊给我,我睡得的确比往日好了许多。"

娄鸾鸾赶紧拍马屁:"您睡得好才是万民之福。"

"可是……"景霄话锋一转,黑眸缀着点点笑意,"前几日我在御花园散心之时,看到几个宫女手中拿着和我一模一样的香囊,我还以为这香囊是独一无二的,原来你不仅仅是操心我一人的睡眠。"

这话说得不轻不重,听得娄鸾鸾却心惊胆战,冷汗淋漓,急忙给自己找借口:"其实我可以解释的。"

景霄淡笑着看着她。

娄鸾鸾咽了咽口水,开始一本正经地说瞎话:"香囊事小,心意才是真,如今云兴国盛行与民同乐,您和他们用同一种香囊,不是恰恰说明了您并不是高高在上,而是和他们在一起,思他们所思,想他们所想。"

景霄倏然起身,走到她面前,居高临下地看着她:"娄鸾鸾,我以前怎么不知道你这么伶牙俐齿。"

这可不是什么好话，娄鸾鸾吓得冷汗淋漓，生怕他下一秒开口命令：来人，把晨妃给我打入天牢。

"与民同乐，为民着想，深入民间的确没错。"景霄俯身，与她平视，"可是，这是你送我的第一份礼物，再如何也要与他人有区别，你说是吗？"说着，他抓着她的手，将香囊塞进她手中，莞尔一笑，"希望我下次来的时候，它已经变得不一样了。"

言罢，景霄直起腰，转身离开。走了一半，他回头皱眉道："下次煮面的时候，少放点盐。"

确认景霄离开后，娄鸾鸾长长地松了一口气，再看了眼手中的香囊，顿觉它是烫手山芋。事实证明，好奇的确害死猫，她因为好奇茶朦朦和赵易的故事，结果差点搭上自己。

宝儿从外面进来，异常兴奋："娘娘，皇上又来找您了。"

"嗯。"娄鸾鸾有气无力道，"找我算账来了。"

"算账，算什么账？"宝儿不解，低头看到她手里握着的香囊，颇为好奇，"这不是您送给皇上的吗，怎么又回到您手上了？"

娄鸾鸾回忆从前，只觉诡异，第一次，她将景霄踹下湖，他也只是小惩大诫，关了她一日而已。而且最重要的是，他还对她有求必应，按理说，作为一个"锱铢必较"的皇上，怎么会以德报怨帮她呢？

而且，香囊事件他也没处罚自己，还帮她解了九连环，虽然在这个过程中他狠狠地鄙视了她一番。

"宝儿你说，他究竟想做什么？"娄鸾鸾问道。

"您说皇上吗？"宝儿问。

"嗯，为什么我屡屡欺君，他都不罚我？"而且，他似乎总是似有若无地接近她，想博得她的关注，难道……

宝儿撇撇嘴，叹息一声："娘娘，您是真不知道，还是装不知道？明眼人都能看出来皇上喜欢您，对您有意思，就您还在猜来猜去，您知道这叫什么吗？"

宝儿绞尽脑汁，最后道："对，这叫'占着茅坑不拉屎'。"

娄鸾鸾嘴角微抽："皇上喜欢我？"喜欢到把她当猴耍？

宝儿斜眼瞥她："娘娘，您莫要明知故问了，整个后宫中，皇上对谁这么上心过？对了，娘娘您饿了吗，宝儿给您做吃的去。"

娄鸾鸾仰天长叹，为何宝儿总能将话题绕到吃食上面去？

翌日，娄鸾鸾差人将九连环送还给茶朦朦。茶朦朦一收到九连环，立马去找赵易要回玉佩。

此时，赵易正在院中练剑，叶片纷飞中，他一袭白衣翩然如雪。

看到茶朦朦，赵易收起长剑，足尖一点，稳稳落在她面前："你怎么来了？"

"我是来拿玉佩的，还给我。"她将九连环扔了过去。

赵易稳稳接过，扫了一眼，淡淡道："这是你自己解开的？"

"你问那么多做什么，反正我解开了，你得把玉佩还给我。"

茶朦朦满脸不耐烦。

"急什么。"赵易悠悠然走到一旁的亭子中,给自己倒了杯茶,慢悠悠地喝着,"玉佩不在我身上。"

"赵易!"茶朦朦磨牙,"你别一而再再而三地挑战我的耐心。"

赵易笑道:"我就挑衅了,你又能如何……"话音未落,"啪"的一声,他手中的杯盏被长鞭打碎,茶水溅了他一身,可他视若无睹,并不为她的行为所激怒。

"你就那么想要回玉佩吗?"赵易掸了掸衣摆,"那只是身外之物而已。"

"身外之物你还偷回去。"茶朦朦咬牙切齿,"它本来就不属于你,你该物归原主了。"

"不属于我?"赵易轻笑一声,"那它又属于谁呢?"那灼灼目光盯着她。

茶朦朦最怕直视他的眸子,那双黑眸漆黑如墨,多看一眼,她便不知不觉被其蛊惑。

茶朦朦移开视线:"谁都好,反正不属于你。"

"是吗?"赵易喃喃道,语气辨不明情愫,他沉默片刻,从衣袖中掏出玉佩,远远抛给她,"还给你吧。"

茶朦朦接过玉佩,瞪了他一眼,转身就走。看着她远去的背影,赵易苦笑着摇摇头。

不久后,长风走了过来,战战兢兢道:"公、公子,茶郡主走了?"

赵易睨了他一眼："我也不指望你来救我。"

长风干笑一声："呵呵，公子您功夫出神入化，也不需要小的来救。只是我不明白的是，您为什么一直要和茶郡主作对？"明明和她作对没有任何好处啊。

"你看错了，我对她唯恐避之不及。"赵易淡淡道。

是这样吗？他家公子明明是一副上赶着被骂被揍的欠收拾模样，而且，每回被茶郡主骂了之后，他反而还高兴，真是奇怪得很。

"公子，我们还是离茶郡主远点吧，毕竟……"长风欲言又止。

赵易无奈一笑："我也想离她远点。"可是，他所想的和所做的，往往背道而驰。

"长风。"赵易收回飘飞的思绪，对长风和蔼一笑，"你午后可有事？"

"没、没有。"长风回答。

"那就好。"赵易将一旁的九连环递给长风，拍拍他的肩膀，"慢慢解，解不开别吃饭。"

长风欲哭无泪，他就知道公子不会放过自己。

近日，茶朦朦经常出入晨曦宫。娄鸾鸾和茶朦朦一见如故，成了一对无话不谈的好姐妹。两人闲时聊聊天，茶朦朦与娄鸾鸾说宫外的奇闻逸事，她便教茶朦朦如何了解别人的心思想法。

茶朦朦对这事十分好奇："你真的能从一个人的肢体动作看出

他的心思吗？"

娄鸢鸢点了点头。

茶朦朦不相信，指了指站在一旁的宝儿："那你说，宝儿现在在想什么？"

娄鸢鸢看了宝儿一眼，正欲说话，茶朦朦伸手制止她："等等，你们可是主仆，你说什么宝儿肯定附和，这样不公平。要不这样，你俩都把答案写在纸上，对一对看是不是一样？"

闻言，娄鸢鸢一笑："可以。"

倒是宝儿一脸扭捏："郡主，我不会写字。"虽然宝儿做得一手好菜，但她大字不识一个。

茶朦朦看着娄鸢鸢。

娄鸢鸢叹气："不是我不教她，是宝儿志不在此。"

"那这样吧，宝儿你把心里所想的画出来。"茶朦朦退而求其次。

宝儿点点头。

最终主仆二人将写好的字条折叠，都交给茶朦朦，她一一阅过，不禁瞪大眼睛："还真对了。"

"要不，我们再出去看看。"茶朦朦玩上瘾了，"毕竟你和宝儿朝夕相处，心有灵犀，你肯定知道她心中所想，要不换个人？"

娄鸢鸢嘴角抽搐："换个人，换谁？"

万万没想到，她们二人在蓬莱湖边碰上了景霄和赵易。

看到她们二人，景霄和赵易眼底都闪过一道光，与他们形成鲜

108

明对比的是,茶朦朦顿时拉长了脸,而娄鸾鸾欲哭无泪,顿觉自己今日出门忘了看皇历,怎么又碰上景霄了?

想起上次的事情,娄鸾鸾心虚地往茶朦朦身后挪了几步,她的小动作被景霄尽收眼底。

"参见皇上。"茶朦朦与娄鸾鸾一同请安。

"起来吧。"景霄负手而立,淡笑地看着娄鸾鸾。娄鸾鸾表面低眉顺眼,心底却在默默腹诽:笑什么笑。

那端,赵易也似笑非笑地看着茶朦朦,茶朦朦瞪了他一眼,他微愣,无奈地摇摇头。

四人相对而立,娄鸾鸾为明哲保身,尽量降低自己的存在感。茶朦朦讨厌赵易,只想尽快逃离现场,但是,景霄发话了:"你们怎么在这儿?"

茶朦朦正欲说话,娄鸾鸾拉了拉她。此举被景霄看到,他轻咳一声,娄鸾鸾立马缩回手,眼观鼻鼻观心地盯着前方波光粼粼的湖水。

茶朦朦向来直肠子,也不懂景霄与娄鸾鸾之间的"明争暗斗",说道:"晨妃说自己有读心术,所以我想见识见识。"

"读心术?"景霄一挑眉,嘴角噙着一抹揶揄的笑意,"那我倒要见识见识。"

娄鸾鸾恨不得捂住茶朦朦的嘴,这丫头实在太会"出卖"人了。但事已至此,她只能硬着头皮说道:"茶郡主说笑了,什么读心术,只是糊弄人的小伎俩罢了，上不得台面。"

结果，赵易开口了："听闻晨妃娘娘治好了宫中嫔妃的迷症，帮助了许多人，臣也十分好奇。"

娄鸳鸳欲哭无泪，难道他不知道好奇害死猫吗？

果然，苍天不会饶过谁。景霄指了指赵易，问道："那你说说他在想什么？"

娄鸳鸳迟疑地看着赵易，赵易眼底含着温和的笑意。

娄鸳鸳咽了咽口水，不是她不说，实在是不好说。其实从她第一次看到赵易和茶朦朦，便猜出几分赵易的心思了。一个男人的目光从未离开过一个女子，且处处让着她，总是似有若无地看着她，眼底缀满温柔，是个傻瓜都能看得出来他喜欢她。

只是，以茶朦朦对赵易的排斥程度，如果她直言不讳，估计会闹得不可收拾，也让赵易下不了台。

思及此，娄鸳鸳决定装傻："赵将军年少有为，驰骋沙场多年，鸳鸳实在不敢乱猜，怕误会了赵将军，请皇上和赵将军见谅。"

这话说得滴水不漏，旁人不好反驳。赵易笑了笑，对景霄道："既然如此，我们就别为难晨妃娘娘了。皇上，我们不是还有事？"

景霄点点头："走吧。"

"恭送皇上。"娄鸳鸳和茶朦朦异口同声道。

景霄意味深长地看了娄鸳鸳一眼，随后离开。娄鸳鸳被他那一眼看得颇为心虚，总觉得他的眼神在说："娄鸳鸳，你给我等着，

这事儿咱们没完。"

唉,今天真不宜出门啊不宜出门。

她叹完气,一抬头,见茶朦朦出神地看着他们离开的方向。她轻咳一声:"朦朦?"

"嗯。"茶朦朦收回目光,"鸾鸾,你刚才怎么不回答皇上的问题?"

娄鸾鸾静了静,不答反问:"朦朦,你是不是很讨厌赵将军?"

茶朦朦微愣,旋即斩钉截铁道:"当然讨厌,我恨不得将他千刀万剐,撕开他那张假笑的脸。"

娄鸾鸾想到赵易那双含情的眸子,暗暗叹息,这该不会是一场"落花有意,流水无情"的戏码吧。

因晨曦宫主仆的盛情款待,茶朦朦用过晚膳才离开。她离开皇宫后,一路来到朱雀街。夜晚的朱雀街热闹非常,处处张灯结彩。

她在一处卖胭脂水粉的摊贩上停驻,正挑着,有人拉了拉她的裙摆。茶朦朦低头,见是一个孩子,于是挤出一抹笑:"怎么了?"

孩子没被她僵硬的笑容吓到,而是可怜兮兮道:"姐姐,我迷路了,找不到阿娘了。"

"你和你阿娘在哪儿走散的?"她蹲下,尽量语气温柔地问。

"我带你去。"小男孩主动牵起她的手。

茶朦朦犹豫了下,还是迈步向前,越往前走,人烟越发稀少。突然,小男孩挣脱她的手,一溜烟跑远,眨眼间便不见人影。

上当了。

这个念头闪过茶朦朦的脑海,等她反应过来,一群人已经将她团团围住。透过围拢的人群,她看到一个身材修长、面容妖冶的男子,手里有一搭没一搭地打着扇子,优哉游哉地自黑暗中走出。

看到来人,茶朦朦愣了下,旋即冷笑:"我还以为是谁,原来是你。"

景痕眉梢一挑,眼底荡过一抹邪气,几步走到她面前,笑道:"怎么,见到我你难道不惊喜吗?"

茶朦朦警惕地看着他:"你想做什么?"

闻言,景痕缓缓凑近她,瞥见她厌恶的表情,倏然停住,轻轻一笑:"你就那么讨厌我吗?"

"不是讨厌你。"茶朦朦笑容不减,却是句句扎心,"我是看到你就想吐。"

眼前这人可不是什么善茬,仗着自己是皇族后裔,行走在风花雪月中,玩弄无知女孩,腻了之后便丢弃一旁。她不久前为一良家妇女打抱不平,结果被他盯上了。

被茶朦朦这么厌恶,景痕不怒反笑:"讨厌便讨厌吧,至少你心中记挂着我。"

茶朦朦怒极反笑:"景痕,你要不要脸,在我心里,你连做人都不配。我奉劝你一句,最好少做遭天谴的事情,免得日后连老天爷都护不住你,别以为你仗着皇族的身份就可以为所欲为。当今皇

112

上可不是昏君，若我一状告到他那儿，我看你如何自处。"

"你不会的。"景痕笑得分外自信，淡淡道，"如果你成为我的妻子，你觉得皇上会管我们的家事吗？"

茶朦朦愣了下，旋即大怒，想也未想地抽出手中的鞭子，扬手朝他挥去。景痕都不用动，他身旁的护卫早已将刀架在她的脖子上。

"你到底想做什么？"茶朦朦怒目而视。

景痕低低一笑，用扇子轻轻抬起她的下巴，轻声道："第一眼看到你的时候，我就对你感兴趣了，做我的妻子，我会给你一切。"

茶朦朦气得磨牙，恨不得一口咬在他的胳膊上。下一刻，一颗石子打来，径直打在景痕的手臂上，扇子掉落，他皱眉，转身望去。一个身形颀长的男子站在不远处的屋顶上，夜色下，一身白衣翩然如仙。

白衣男子开口，声音又懒又沉："即便是想博得姑娘的芳心，也不能用强迫这一招吧，宣王，你说是吧？"

不知为何，见到赵易，茶朦朦终于松了口气。虽然知道景痕这家伙不会真对她做什么，但赵易的到来无形中给她吃了定心丸。她挺直腰杆，面色恢复平静，心里也多了几分底气。

"还不快放开我。"她冷声道。

景痕瞥了一眼地上的扇子，哼笑："赵将军这是要管闲事吗？"

"嗯，正好路过。"赵易懒洋洋地笑，眼底却没半分笑意，"主要是宣王做得过了些，在下不管不行。"

"恐怕你管不住。"景痕弯腰捡起地上的扇子,轻轻拍了拍,压低声音道。

皇城底下打架,的确不是好事,而且一方是少年将军,皇上倚重的臣子;一方是皇族后裔,是和景霄血脉相连的堂弟,无论谁赢谁输,谁都讨不到好处。

赵易并不想惹麻烦,所以他选择速战速决。在打晕景痕的手下后,他猛地凑近景痕身边,点住景痕的穴道。论武功,宣王绝对不是他的对手,如果他真的想下狠手,景痕早已没命了。

许是景痕也知道这点,皮笑肉不笑道:"赵将军不怕我一状告到皇上那儿去?"

闻言,赵易满不在乎地一笑:"那就告吧。"说完,他径自牵住茶朦朦的手,语气温柔许多,"我们走吧。"

"等一下。"茶朦朦挣开他的手。

赵易不解,下一秒便看到她蹲在地上,用手在地上抹了一把,接着手掌拍在景痕的脸上,将他一张英俊的面庞抹成大花脸。

景痕动弹不得,无法反抗。而赵易双手环胸,施施然站在一旁,由着她做这些事,眼底还含着淡淡的宠溺。

见此,景痕微愣,旋即了然一笑。

茶朦朦做好一切后,拿手帕擦了擦手,一字一句道:"希望你好自为之。你要记住,人在做,天在看,真的报应来了,谁也救不了你。哦,忘记告诉你了,被你玩弄丢弃的那个女子,差点跳河自

尽了，是我救了她。不过她现在已经认清你人渣的本性了，过得很好，你放心。"

景痕眸光微闪："我给了她这辈子都用不完的金银珠宝。"

"你以为她想要的是这些，她喜欢的是你这个人，为你付出了真心。可你呢，玩弄她的感情，腻了之后将她弃之如敝屣。你喜新厌旧，朝三暮四，还想让我做你的妻子，你做梦去吧。"

她接着说："今晚的事情我不会告诉皇上，也请你缄默，否则闹开了，对谁都不好。"

说完，她转身，对赵易道："我们走吧。"

赵易"嗯"了一声，转身离去。两人走了一段距离，一颗小石子远远飞来，打中景痕。伴随着一声闷哼，他身上的穴道解开了。他看着二人离去的方向，漂亮的眸子微微眯起。

"你为什么要救我？"两人并肩走在路上，茶朦朦别扭地问。

"路见不平，拔刀相助喽。"赵易说道，"这宣王可是出了名的花心。"

闻言，茶朦朦瞥了他一眼。

"你这是什么眼神？"赵易不满。

茶朦朦停下脚步，转身正视他："你有什么资格说他，我也见过你出入、出入……"

"出入哪儿？"赵易似笑非笑地看着她，"你什么时候看到了我，难道你一直在关注我？"

"你想多了。"茶朦朦哼了一声,"我只是不小心看到的而已,你和宣王都是一丘之貉,谁也别说谁,只是我还没发现被你祸害的女子罢了。"

说完,她见赵易径直挡在自己面前,一敛笑意,整个人散发着沉郁的气息,她下意识地往后退了一步:"你干吗?"

赵易抬头,目光灼灼地看着她,眼底没有半分笑意:"茶朦朦,在你心底,我是和宣王一样的人吗?始乱终弃、放肆嚣张、无所顾忌?"

茶朦朦本想回答"你难道不是吗",但触上他前所未有的凝重的眸光,一时之间哑口无言。

四目相对,谁也没有说话。

沉默中,赵易率先移开视线,轻叹一声:"罢了。"

罢了?什么意思?

茶朦朦正想开口,瞥见他转身离开的身影,心头莫名一揪,好像有人用刀尖在她心底慢慢划过。

赵易转身,见她愣在原地,心中的失落一扫而空。他摇摇头,几步走到她面前,淡笑道:"你站在路中间发什么呆,挡住别人了。"

茶朦朦如梦初醒,反应过来后,发现自己的手被他牢牢牵着。

到了茶府门口,赵易主动松开手,朝她抬了抬下巴:"你进去吧。"

"嗯。"第一次这么心平气和地和他说话,她反而有些不习惯,

116

"虽然你今天帮了我,但我不会感激你的。我也不是忘恩负义之人,会还你这人情,只要是在我力所能及范围之内的事情,我都会答应帮你。"

"这可是你说的。"赵易笑。

月色朦胧,淡淡的光芒落在他身上,他清浅一笑,眉眼若画。茶朦朦的心蓦然一抽,快速低下头,敷衍地"嗯"了一声,慌忙与他擦身而过:"我回去了。"

赵易看着茶朦朦消失的背影,自嘲地摇摇头,转身离去。

是夜,娄鸾鸾正准备歇下,忽闻急促的脚步声,接着宝儿略胖的身躯疾风一般闯入。她眼睛眯成一条缝,喜气洋洋道:"娘娘,皇上来了。"

正在脱鞋袜的娄鸾鸾一个趔趄,差点扑倒在地,接着赶快手忙脚乱地穿好鞋袜。宝儿见她急得毫无章法,忙蹲下帮她。

主仆二人匆匆收拾好,景霄恰好踏步而入。宝儿忙起身,娄鸾鸾行完礼后,只是发丝凌乱,面颊因紧张略略泛红。

"我这么晚来,打扰你了吗?"景霄明知故问。

瞥见他眼底的笑意,娄鸾鸾深吸口气,强颜欢笑:"不会,不会。"

"不会就好。"景霄坐在一旁。

见他自然而然地坐在自己身边,娄鸾鸾讶异片刻,正想挪动,转念一想，觉得此举恐怕会触动他的逆鳞，没准他又想方设法地为难她。

于是，娄鸳鸯压了压心底的慌乱不安，镇定坐好，以不变应万变。

宝儿早已识趣地退下。

两人相对无言，只差泪千行了。

在娄鸳鸯如坐针毡时，景霄终于大发慈悲地开口："今日你是不是发现了什么？"

娄鸳鸯故意装傻："您指的是什么？"

景霄好整以暇地看着她，她被那双黑眸盯得颇为不自在，只好老老实实道："当时臣妾不好开口。"

"哦，为什么？"景霄来了兴趣，"或者说，你发现了什么？"

她抬头看他，见他目光坦荡了然，心里明白了几分："您知道赵将军的心思吗？"

景霄随意地转了转扳指："我和他从小一起长大，十分了解他，他喜欢茶朦朦的事情，我一早便看出来了。"

他看着娄鸳鸯，问："茶郡主常来找你，她对赵易是什么想法？"

娄鸳鸯心里默默道：您这是帮您的好兄弟探口风来了吧。

她实话实说："茶郡主似乎挺讨厌赵将军。"

"讨厌？"景霄不置可否，"那你讨厌我吗？"

第六章

无心插柳柳成荫

讨厌？扪心自问，娄鸾鸾并不讨厌景霄，只是不讨厌不代表喜欢，至少目前，只要一看到他，她就好像老鼠看到猫一样，只想逃。

娄鸾鸾斟酌了下，报以自认为最真诚的微笑："我怎么可能讨厌您，我对您的敬仰……"

"好了，每次都是那两句，我都会背了。"景霄握拳抵唇，轻咳一声，俊脸微红，长睫微垂，"我喜欢听真话，而不是你这些奉承的话。"

娄鸾鸾心虚地咽了咽口水，忙转移话题："您说赵将军喜欢茶郡主，可是……"

"可是什么？"他问。

"为什么呢？"娄鸾鸾不解道。

景霄静静地看着她，眼底缀着几抹暖意和期待："情不知所起，一往情深。"

被他那双黑眸盯着，娄鸾鸾心头一跳。她压下莫名悸动的心思，移开视线："可是强扭的瓜不甜，如果茶郡主不喜欢赵将军，那还

120

是希望赵将军早些斩断情丝,长痛不如短痛。"

"呵。"景霄低低一笑,"如果感情的事情可以收放自如就好了。娄鸳鸳,你是真不懂,还是装傻?"

景霄留下这一句话便离开,吓得娄鸳鸳反复咀嚼这一句话,总觉得他的话暗藏玄机,什么叫她装傻,她装什么傻了?

见景霄走远,宝儿终于磨磨蹭蹭地走进来。

娄鸳鸳问她:"你说皇上这三天两头阴阳怪气、喜怒无常的是为什么?我刚刚也没说错话吧,他怎么一副好像被我欺负了的模样?"

宝儿低着头一声不吭。

娄鸳鸳看她:"宝儿,你有话就说。"做了这么多年主仆,她还不知道宝儿心里那点花花肠子,宝儿这是在憋大招呢。

果然,宝儿抬起头,圆乎乎的眼睛看着她:"娘娘,这可是您让宝儿说的,我说实话您可别生气。"

"不生气,你说。"娄鸳鸳微笑。

宝儿深吸一口气,实话实说:"我觉得皇上生气是正常的。他就差把心挖给您看了,可您还是一副置身事外的样子。皇上这么喜欢您,希望您也能回应他,结果您老装傻,换我,我也生气。"

娄鸳鸳还在诧异宝儿什么时候学的成语,又被她的话呛得面红耳赤:"宝儿,你胡说、胡说八道什么,皇上怎么可能喜欢我?"

宝儿一副"娘娘您别装傻"的模样,旋即叹口气,煞有介事地摇摇头:"孺子不可教也,孺子不可教也。"

娄鸾鸾哭笑不得。

见景霄去而复返,陈公公也不敢多问,景霄这副面色不豫的模样,肯定是在晨妃娘娘那儿碰了壁。

"皇上,您要歇下了吗?"陈公公装作若无其事地问。

景霄摇摇头,突然问:"你说她是不是不了解朕的心意?"不等陈公公回答,他又自顾自道,"还是我做得不够?"

这个"她",不用想也知道是指晨妃了。陈公公心底暗暗腹诽:您哪里是做得不够,您都差点把自己洗干净躺在晨妃娘娘的软榻上了。下了朝您便往晨曦宫跑,即便身在含凉殿,心也早已经飞到晨曦宫去了。

他从未见皇上对谁如此上心过,这副患得患失的模样,太像一个情窦初开的少年郎了。

"您多虑了,晨妃娘娘只是害羞罢了。"陈公公睁着眼睛说瞎话。

"害羞?"景霄微挑眉。

为了让景霄吃下一颗定心丸,陈公公继续睁着眼睛说瞎话:"您想,晨妃娘娘是不是经常夸您、送您礼物,看到您之后,眼神躲闪、坐立不安?"

景霄回忆了一下,俊脸微红地点了点头。

陈公公喜上眉梢,一甩浮尘:"这不就得了,晨妃娘娘对您也是有心的,只是作为女子,她多少羞于表白。您啊,就放一百个心。"

景霄忐忑不安地看着他："你是说，她不是对朕无意，朕也不是一个人在单相思？"

　　陈公公心底暗自好笑，面上却是十分严肃："您就放心吧，晨妃娘娘如果对您无意，就不会费神给您做安神香囊，她这是心里有您呢。"

　　景霄被陈公公哄得面色缓和了一些。

　　"你先下去吧。"景霄看陈公公那副笑眯眯的样子，忙敛了嘴角的笑意，沉声道。

　　陈公公喏了一声，轻手轻脚地下去了。

　　等陈公公走远后，景霄从宽袖中掏出香囊，这是上次娄鸾鸾给他重新绣过的新香囊，独一无二，世上唯有这一个。

　　他修长的手指抚着上方的纹路，嘴角微翘，情不自禁地想起那日情景。那日，她将香囊送给他，为逗逗她，他故意打趣，结果她倒好，说了一大堆奉承话。虽然好听，但这些并不是她的真心话。

　　"娄鸾鸾，什么时候你才会记起我？"他自嘲一笑，"我不希望你怕我。"

　　是夜，景霄握着香囊睡着。梦中，一道纤细的身影缓缓靠近他。等人影走近了，那张模糊的面庞逐渐清晰，弯弯的眉，圆圆的眼，微翘的鼻，猫儿一般的小嘴，时嗔时怒，娇憨可人。

　　娄鸾鸾俯身，一眨不眨地看着他，声如夜莺："景霄。"

　　"皇上……"

景霄猛地睁开眼睛，待看到陈公公那张沟壑纵横的老脸，下意识地闭上眼睛，顿了片刻再睁开，那沟壑脸已经笑成了一朵大花："皇上昨日睡得好吗？"

景霄没好气地瞪了陈公公一眼，睡得很好，前提是他不出现。

景霄起身，揉了揉眉骨，淡淡道："现在是什么时辰了？"

"回皇上，已经辰时了。"陈公公回答。

这么晚了？景霄轻咳一声："是有何事？"

陈公公也不愿打扰他。皇上日理万机，每天鸡鸣前而起，日日批奏折到深夜，好不容易休息一天，他倒宁愿皇上去御花园赏赏花，去蓬莱湖看看鱼，或者去晨曦宫和心上人说说话。

但他还是据实相告："皇上，茶老丞相已在殿外等候您。"

"什么？"景霄惊诧，"茶丞相来了？"

茶老丞相年过古稀，一头白发，但精神矍铄，见景霄出来，拄着梨花拐杖想请安。见状，不用景霄示意，陈公公忙上前扶住他。

茶老丞相是朝中股肱之臣，连太皇太后都要敬他三分，更别提景霄。对他来说，茶老丞相不仅仅是老臣，更是值得敬重的长辈。

茶老丞相夸了他一会儿，接着将话题引到正题上："老臣此次进宫，有个不情之请，还请皇上答应。"

"您说。"景霄语气柔和。

"前几日，俊国公携孙沈轻拜访老臣，老臣看俊国府二公子一表人才，风度翩翩，与我家朦朦十分登对，所以老臣斗胆请皇上做主，

124

为他们赐婚。"

赐婚？

景霄明知道自己的好兄弟赵易喜欢茶朦朦，怎么会答应赐婚。若他真那样做，那么赵易下一刻便会提刀杀进皇宫。但茶老丞相终归是茶老丞相，他也不好当面反驳，只好委婉道："茶郡主貌美、娴静、端庄，俊国公的二公子也是才华横溢，风度翩翩，这么看来两人的确是天作之合，郎才女貌，只是……"

他故意顿了下。

果然，茶老丞相不解地询问："只是什么？"

景霄暗自笑了笑，故作一本正经道："只是天作之合的前提是二人能情投意合。如果落花有意，流水无情，那这并不是一段好姻缘，您说对吗？"

茶老丞相面色一变，迟疑地点了点头："皇上说的是。"

"朕知道您是为了茶郡主好，想为她择一良人，但姻缘大事切不可操之过急，免得抱憾终身。毕竟，茶郡主的幸福才是最重要的。"景霄循循善诱。

果然，茶老丞相叹了口气："是老臣太急切了，只是，老臣已答应了俊国公，如果出尔反尔，恐怕不太好……"

景霄被他将了一军，又听他说道："老臣建议，让两个孩子见一见，若他们二人有意，那也不失为美谈，您说是吧？"

这茶老丞相话都说到这份儿上了，如果他反驳，岂不是故意与其作对？景霄按兵不动，遂点了点头："那就按您的意思办吧。"

茶老丞相欢天喜地地离开了。

作为当事人的茶朦朦，听到这消息，倒是前所未有的淡定。

嗯，只是一不小心辣手摧花，将院子弄得落叶纷飞罢了。

她正停下歇口气，突然一声轻笑传来。

茶朦朦抬头望去，见赵易坐在屋顶，优哉游哉地摇着扇子，脸上挂着闲适的笑意。

茶朦朦没好气道："你什么时候来的？"

赵易不答反问："你就算生气，也不能拿这些花花草草出气，它们又有什么错呢？"

茶朦朦看着一地的残花落叶，即便心虚，面上却依旧理直气壮："这是我家，我爱怎么弄就怎么弄，与你何干？你最好马上离开，否则我不客气了。"

岂料，赵易突然起身，眨眼间便飞到她面前。

茶朦朦吓得后退几步，俏脸一片警惕："你干什么？"

赵易却单刀直入地问："你要去见俊国公家的二公子？"

这件事她早已知晓，当时她并没有反驳，因为她懂得，自己可以任性妄为，但无论如何，她都无法忤逆爷爷。

这茶府，无人敢违抗爷爷的命令和决定。

只是，她也不甘心，否则也不会拿这些花花草草出气，什么劳什子俊国公的二公子，什么风度翩翩、才华横溢，她不喜欢，对方

即便是神仙都没用。

她讨厌被人束缚安排。

正因为如此,她才千方百计地想夺回赵易手里的玉佩,结果刚了结一桩心事,她却一脚踏入另一个无底深渊。

她当然不可能真的逆来顺受,接受命运的安排,和那俊国公的二公子成亲,成为一对相敬如宾、貌合神离的夫妻。

她兀自沉浸在自己的思绪之中,一抬头,却见赵易距她不过寸步。她心头一跳,往后退了一步:"你离我这么近做什么?"

赵易目光灼灼地看着她:"你不愿意对吗?"

心底的想法被他洞察,茶朦朦气急败坏地推开他,冷声道:"我愿不愿意,都与你无关,你是来这里看我的笑话吗?"

赵易冷不丁被她一推,往后退了几步,他稳住后,低低一笑:"恼羞成怒了。"

"你……"茶朦朦抽出长鞭,将要甩出去的那一刻又收回,头也不回地离去。

看着她的背影消失,赵易才收回目光,转身离开。他刚回到将军府,长风便迎了上来,清秀的面庞布满急色:"公子,您去哪儿了,我到处都找不到您。"

赵易一挑眉:"有事?"

长风苦着脸道:"皇上来了,已经等了您一下午了。"

"哦。"他若无其事地点点头。

就"哦"一声？长风不敢置信，自古以来，让皇上等的人有几个，不能因为你俩私交密切就这样任性啊，我的公子欸！

"放心。"赵易拍了拍他的肩膀，"如果皇上生气要砍我的头，不会殃及你的，你的脑袋会很牢固地安在脖子上。"说完，他淡定自如地往前走。

长风擦了擦额头的冷汗，深深敬佩他家公子这泰山崩于前而面不改色的淡定心性。

几乎是赵易前脚刚踏入屋内，后脚景霄的冷嘲热讽便如雨点般打来："你还知道回来？"

赵易像模像样地撩起长袍跪下："臣不知皇上远道而来，有失远迎，还请恕罪。"

这阴阳怪气的，景霄没好气道："起来说话。"

赵易也不客气，直接坐在一旁。见景霄一直目不转睛地观察他，赵易放下茶杯，无奈一笑："您有话就说。"

景霄嘴角微勾："我看你一副很平静的模样，看来没受到什么打击。"

赵易装傻："什么打击？"

"你别明知故问。"景霄施施然道，"茶老丞相找过我了，希望我为茶朦朦和俊国公的二公子赐婚，这事你怎么看？"

"臣相信您会做最正确的决定。"赵易倏尔一笑。

景霄呵呵笑道："我可以做正确的决定，但就是不知道某人会

128

不会辜负我了。"

说着，他敛了笑意，正色道："赵易，茶老丞相毕竟是朝中重臣，连我都要礼让他三分。若他真铁了心想缔结他们二人的姻缘，我也不能一而再再而三地阻拦。"

闻言，赵易也收了玩笑的神色，低头沉思。

景霄起身，与他擦肩而过之际，轻轻拍了拍他的肩膀："你好自为之。"

回宫后，景霄并没有回含凉殿，径直去了晨曦宫。

此时的晨曦宫中，娄鸾鸾正在挖土。进宫时，她在这棵树下埋了一坛桃花酒，虽然时日还不够长，但她贪酒喝，便想挖出来尝一尝。只是她没想到的是，有人想和她分一杯羹。

景霄从小习武，走路无声，因此，娄鸾鸾并未察觉身后有人靠近。

她手里抓着一把小巧玲珑的铲子，正埋头专心致志地挖土。等酒坛露出来后，她呵呵一笑，直接丢弃铲子，伸手去扒。

景霄含笑看着她。

娄鸾鸾抱出酒坛子，拍干净上面的泥土，一转身，灿烂的微笑定格在嘴角，她愣愣地看着眼前的景霄。

表面淡定的娄鸾鸾，实际上内心慌乱不已，景霄什么时候来的？他站在自己身后多久了？他就这么眼睁睁地看着自己挖土，作为妃子，平日里可是要把端庄刻在脑门上的，现下自己如此不顾形象，他会不会降罪于自己？还有，他眼底似有若无的笑意是不是嘲笑自己?

虽然脑中思绪百转千回,但她面上十分淡定:"皇、皇上什么时候来的?"

景霄的眸光定定地落在她手里的酒坛子上,不答反问:"你在做什么?"

娄鸾鸾老老实实地回答:"挖酒坛子。"想了想,她又客气地补充了一句,"皇上要尝一尝吗?"

她不过客气罢了,心想作为九五至尊,肯定喝惯了琼浆玉酿,怎会看得上她这普普通通的桃花酿?

结果,景霄从善如流地点点头:"好。"

娄鸾鸾内心默默流泪,您怎么真的一点都不客气啊。

景霄走了几步,见她还站在原地,疑惑道:"怎么还不过来?"

"马、马上。"她心底叹息,本来还想自己喝个痛快,这下好了,在景霄面前,别说喝个痛快了,怕是只有斟酒的份儿了。

宝儿见景霄来了,又风风火火地去小厨房准备了几道小菜。备好一切后,她非常识趣地退下了。

天色渐晚,薄月现出,悬于蓝莹莹的夜空,晚风徐徐,卷着花香扑鼻而来,娄鸾鸾闻到风中有淡淡的桂花香气。

她给景霄倒了一杯桃花酿,景霄轻抿一口,旋即笑道:"味道尚可。"

娄鸾鸾谦虚道:"这哪里比得上宫中的玉露琼浆,只怕委屈了

您。"

她总结了一下后宫的生存法则,除了千穿万穿马屁不穿,再一个就是低调谦虚夹紧尾巴。兴许景霄只是假意夸赞一番,她要是当真,那才是真傻。

"娄鸳鸳,"他亲手给她倒了一杯桃花酿,语气半是严肃半是玩笑,"不必妄自菲薄。"

娄鸳鸳一愣,不明白景霄话里的意思,他已经将酒杯递给她,眉眼带笑:"敬……这月色一杯吧。"

朦胧的月光下,他的侧脸宁静温和,睫毛纤长浓密,微微一眨,如飞散开来的蒲公英。他抬眸,眼底缀着清浅的笑意,整个人温和如玉,所谓谪仙,也不过如此吧。

娄鸳鸳默默地咽了咽口水。

"敬这月色。"娄鸳鸳说完,又机智地拍马屁,"也祝吾皇福寿绵长,身体健康,万事如意。在皇上的治理下,云兴国风调雨顺,百姓安康,家家富余,人人喜庆。"

景霄抽了抽嘴角,这家伙真是无时无刻不在拍马屁。

酒过半巡,景霄醉了。

看着趴在桌上的景霄,娄鸳鸳端着酒杯不敢置信。虽说这桃花酿是宝儿亲手酿的,但并不烈,作为一国之君,怎么这么不胜酒力?他该不会是诓她的吧?

思及此,娄鸳鸳放下酒杯,轻手轻脚地走到景霄身边,低头仔细看着他。

他趴在桌上,露出清隽的侧脸,长睫若扇,脸颊微红。娄鸾鸾的目光向下,落在他的唇瓣上,他的唇瓣饱满殷红,嘴角微微向上翘起。

"皇上?"她试探性地唤。

景霄懒懒地抬起眼皮,看了她一眼后,又慢悠悠地合上。

真喝醉了?她大着胆子,伸手轻轻推了推他的胳膊,语气放柔:"皇上,更深露重,别在这儿睡,会着凉。"

闻言,景霄皱了皱眉。他剑眉星目,皱眉时,给人一种不寒而栗之感,更有天子自带的不怒自威。娄鸾鸾心里"咯噔"一声,很想撒手不管,可堂堂皇帝要是在她的晨曦宫伤了风,她这脖子上的脑袋也摇摇欲坠了。

于是,她壮着胆子道:"皇上,我让李友病去叫陈公公过来,好吗?"

一听陈公公,景霄突然坐直,双眸微红,很决绝地皱眉摇头:"不好。"

"为什么不好?"她和哄孩子一般。

"因为我不想看到他……"还未等娄鸾鸾问"你为什么不想看到他"时,他又补充了一句,"那张满是褶子的老脸。"

娄鸾鸾一愣,旋即为陈公公默哀,也不知道他兢兢业业伺候了皇上这么久,听到皇上说的这句话会不会伤心欲绝。

"那您想看到谁?"

132

其实她不过随口一问,结果景霄目光灼灼地看着她。下一刻,他突然莞尔一笑,竖起一根手指,神秘地问:"你想知道吗?"

我并不想知道。娄鸳鸳面无表情,但为了配合这天底下最大的酒鬼,她只能从善如流地问道:"是谁呀?"

岂料,他又突然"砰"地趴下,一动不动了。

娄鸳鸳痛苦地抚额。

最终,她只能退而求其次,招呼着人先将景霄带到自己的寝殿。

宝儿烧了热水,端来后便不知所终了。娄鸳鸳望向躺在软榻上的景霄,他缩着身子,乖巧地窝着,侧脸枕着软枕,呼吸清浅,睫毛随着他一起一伏的呼吸微微颤抖。

唉,罢了。

娄鸳鸳叹息一声,拧了热毛巾,犹豫一番后走到景霄身边。

景霄睡得无知无觉,娄鸳鸳小心翼翼地替他擦拭脸庞。许是这动静惊动了他,他睁开眼睛,红烛下,一双黑眸璀璨如星,里头缀满了星河。他微微一笑,低沉的声音叫她的名字:"娄鸳鸳。"

那声音像细丝缠绕过心脏,带来酥麻的感觉,她顿了顿,压下心底生出的奇怪感觉,"嗯"了一声:"我在。"

"我渴了。"他目不转睛地看着她。

好可爱!

她见识过端庄持重的景霄,也见过"不怀好意"的景霄,却没见过如此可爱的景霄。褪去皇帝的威严,他可爱到近乎单纯,她都想伸手捏一捏那张清隽无辜的俊脸。

这样想着,她慢慢伸出手,指尖轻触他的面颊。霎时,一股奇怪的感觉涌入心尖,娄鸾鸾吓得收回手,手忙脚乱地去倒水了。

景霄喝完水,又眨了眨眼睛,慢吞吞道:"热。"

热?

娄鸾鸾无奈,又去拿了扇子,有一搭没一搭地给他扇风,心里默默道:他是不是把自己当成陈公公了?

忙了一晚上,她又困又累,加上喝了些小酒,头也有些犯晕,见景霄沉沉睡去,她也偷了个懒,趴在软榻旁,想小憩片刻,结果不知不觉地睡着了。

趴在软榻上睡一晚是什么感觉?反正娄鸾鸾醒了后,腰酸背痛腿抽筋,偏还不能表现出来。

景霄一夜好梦,醒后酒意全散,又恢复了原本玉树临风、倜傥风流的模样。陈公公很有眼力见儿地送来了换洗的龙袍,娄鸾鸾只好忍着哈欠和眼泪,默默地给景霄更衣。

穿完龙袍,娄鸾鸾正想趁景霄不注意打个哈欠,岂料他突然回头,吓得她将哈欠直接咽了回去,惊恐地打了个嗝。

好丢人。她捂住嘴,一脸欲哭无泪。

自两年前从战场受伤归来后,他便不常饮酒,最多小酌一杯。昨晚气氛太好,他一不小心喝多了,也不知道自己有没有做出一些奇奇怪怪的举动?

应该没有吧？可是没有的话，她嫌弃的表情中为何带着几抹后怕？难道他真的做了什么不该做的事情？说了不该说的话？

思及此，景霄心脏突突地跳，面上却端得一派云淡风轻，只是，因底气不足，他的声音到底虚了几分："我昨晚喝醉后，没做什么事吧？"

娄鸾鸾点点头，又摇摇头。

点头又摇头？这是什么意思，这次轮到他的太阳穴隐隐作痛了。难道他真的做了不可理喻的事情，比如一不小心倾诉他的所思所念了？如果是这样，那她会不会被自己的"操之过急"吓到。

想到这里，景霄已经自动地将自己归于"耍酒疯，乱说话"的那类人之中，虽说酒后吐真言，但他怕因为自己一时酒后吐真言吓到她，那就得不偿失了。

于是，他轻咳一声道："无论昨晚我说了什么、做了什么，那些都不是我的本意，你切勿放在心上。那些不过……不过酒后胡言乱语罢了。"说着说着，他自个儿耳根红了，如同染了胭脂。

闻言，娄鸾鸾诧异地看着他，几番欲言又止，最后垂头丧气道："是。"

她心里又气又无奈，有种被人当猴耍的感觉，明明他昨晚答应带她出宫，结果一醒来就翻脸不认人。说好的君子一言，驷马难追，说好的君子一诺，重如千金呢？

思及此，娄鸾鸾的态度敷衍了许多："皇上，时辰到了，再不上朝来不及了。"

景霄皱了皱眉，总觉得她在赶他走，也隐约察觉到她突然急转直下的态度，难不成他说错什么了吗？

结果，一失足成千古恨。若他再仔细回忆一下，没准能早些赢得娄鸾鸾的欢心。就因为他"酒后失忆"，生生错过了天赐良机。多年以后，他每每回忆到这里，总是扼腕叹息。

可惜，景霄没空扼腕了，因为近日发生了一件大事，此事还和赵易有关。

茶老丞相铁了心地想将茶朦朦嫁给俊国公的二公子，为此精心找了一个"谈诗论赋"的借口，将茶朦朦骗去与俊国公的二公子见面。岂料中途赵易闯了进来，破坏了这次见面，并当着二公子的面带走了茶朦朦。

此事一出，俊国公的面子挂不住，彻底婉拒这门亲事，茶老丞相气怒难当，将赵易一纸告上朝堂。

赵老将军肯定不会眼睁睁地看着自己唯一的孙子被茶老丞相一纸告进天牢，为此，他亲自绑着赵易，前去茶老丞相府负荆请罪。

此事让赵老将军将自己的里子面子全部丢弃，结果茶老丞相并不领情，将赵家爷孙俩拒之门外。为此，赵老将军一气之下，拂袖而去。

两家本来宿仇难解，现在再加上一桩，搅得宫里宫外鸡飞狗跳。听说茶家和赵家的小厮，为了此事，一言不合就掐架，每天闹得鸡犬不宁，让百姓看了笑话去。

为平息这场闹剧,景霄虽然不愿意,但也只好暂时将赵易关进天牢。

沦为阶下囚的赵易,没有一丝一毫的慌张,即便身陷囹圄,依旧悠闲自在,仿佛坐着的不是草垛,而是舒适软和的软榻。

景霄过来的时候,就看到他负手而立,站在窗边,看着那一缕缕透进来的光芒。

景霄有时候觉得赵易是个极其复杂矛盾的人,普通人难以猜出他心中所想,其实放这样的人在身边很危险,若他忠心耿耿,那他会是自己披荆斩棘的得力助手;若他生有异心,那便是一场灾难。

但他和赵易一同长大,又觉得赵易单纯如白纸,喜欢就是喜欢,讨厌就是讨厌,为了喜欢在乎的事情,可以全力以赴,不计较得失,不计后果。而他作为君王,瞻前顾后,很多事情都没法按照自己的心意所为,在某种程度上,他还很羡慕赵易。

虽然,赵易的任性也让他付出了代价。

听到脚步声,赵易转身,看到景霄笑了笑。

景霄没好气道:"我叫你好自为之,你就是这么好自为之吗?把自己整进了天牢,你让我现在该怎么做?"

"您该怎么做就怎么做。"赵易面色坦荡,"千万不要因为我而为难。"

好歹和赵易从小一起长大,景霄岂能听不出他的话里有话:"你是什么意思?"

赵易笑了笑:"置之死地而后生,我一直想知道一件事,或许只有你能替我证明。"

景霄好整以暇地看着他："你该不会是想用苦肉计吧，以此来验证茶朦朦对你到底有没有感情？"

赵易不要脸地点了点头。

"行了。"景霄嘴角微抽，"既然你自己找罚，那我不罚都不行了。"

赵易一撩袍跪下："谢主隆恩。"

赵易被打了。

在晨曦宫的娄鸾鸾第一时间知道了这件事，这得亏李友病描述得绘声绘色。

"皇上真的下令杖责了赵将军？"娄鸾鸾还是不敢置信，景霄不是说过，于公，赵易是云兴国的将军；于私，他们是朋友，为什么他能狠得下心打自己的好兄弟？

难道是为了给茶老丞相和俊国公一个交代吗？

"打了。"李友病一脸沉痛，"听说打得非常狠，赵将军还吐了血。我听天牢的人说，赵将军一身囚衣染了血，奄奄一息地躺着，已经进气少出气多了。"

娄鸾鸾不相信景霄会下狠手，总觉得这其中有什么不可告人的秘密。可还没等她理出一个头绪，茶朦朦来了。

一见到茶朦朦，娄鸾鸾吓了一跳。不过半个月而已，她已经瘦了一圈，显得一双大眼越发楚楚可怜，也无往日的意气风华。

"鸾鸾，"她开口，"我希望你能帮我做一件事。"

娄鸾鸾其实已经猜到几分，试探性地问："你是想让我向皇上求情，饶赵将军一命吗？"

茶朦朦面色变了几变，最终抬头："赵易是因为我才变成这样，我不想欠他人情，但皇上现在不想见我，所以我只能求你帮忙了。鸾鸾，你会帮我吧？"

"到底怎么回事？"身在皇宫，娄鸾鸾对外面的事情一知半解，李友病说的也不尽然全是真的。

茶朦朦眼神闪躲："总之，这次算我欠他的。鸾鸾，请你帮我这个忙，我会报答你的。"

"说什么报答不报答的，我会帮你的，你放心。"她看着茶朦朦，"看你瘦的，今天留在这儿吃饭，我让宝儿给你做好吃的。"

茶朦朦一脸感动。

此时，含凉殿中，景霄正一脸愁云地在案几上写写画画。见他揉了一个又一个的纸团，陈公公惊疑不定，以为他还在为赵将军的事情生气烦忧，也不知道该怎么劝起。

如果这时候有人来劝劝皇上就好了，比如晨曦宫的晨妃娘娘。

说曹操，曹操就到，外头的太监来传晨妃来请安。听到"晨妃"二字，景霄一惊，手一抖，毛笔在纸上画出长长的一道尾巴。他抽了纸，扔在一边，轻咳一声："让她进来吧。"

"是。"陈公公点头。

陈公公很有眼力见儿,带着一众伺候的人下去,很快,殿内只剩下他们二人。

景霄没理娄鸾鸾,依旧自顾自地在案几上写写画画,仿佛当她不存在。

这可如何是好?她总不能一直站在这里当雕塑?于是,娄鸾鸾斟酌了一番开口:"皇上……"

景霄抬头,眸光若火。

被那双黑若琉璃的眸子盯着,娄鸾鸾下意识地往后退了一步,察觉到自己的举动后,又故作镇定地站好。

景霄开玩笑道:"你早不来晚不来,偏巧这时候来,该不会是来给赵易求情的吧?"

娄鸾鸾正愁不知道该怎么委婉开口,见他先提起这个话题,聪明地顺着他的台阶往下:"皇上英明。"

一句"皇上英明"将景霄堵得又好气又好笑。不久前,茶朦朦来找过他,为配合赵易演戏,他只能将茶朦朦拒之门外,她倒好,请了娄鸾鸾前来当说客。

思及此,景霄心中暗喜,本以为他只是助赵易一臂之力,没想到还有意外收获。

不过,他才不会简简单单答应,否则她的尾巴岂不是翘上天了?再则,他该怎么和赵易交代,至少他也要"犹豫"一番。

思及此,景霄故意正色道:"如果你是为了赵易的事情,那就

140

不必说了。他做了错事，理应接受惩罚。"

"赵将军的确有错，但他的出发点却是好的，只是方法用错了。"娄鸾鸾循循善诱，"您何不给他一次改过自新的机会？"

看她一脸诚恳的样子，景霄心底暗笑，面上却装得肃冷："如果每个犯错的人都能得到一个机会，我还如何治理朝廷？"

见硬的不行，娄鸾鸾只能来软的，决定晓之以理，动之以情："皇上曾经说过，赵将军不仅仅是您的左膀右臂，更是和您从小一起长大的好兄弟。现下好兄弟犯了错，您应该拉他一把。"

景霄好笑，她就这么将他一军，如果他不拉赵易一把，反而显得他落井下石、无情无义了。

景霄看着娄鸾鸾，修长的手指轻敲案几："你倒是伶牙俐齿，把我堵得无话可说。"

"皇上恕罪。"娄鸾鸾颇为紧张，背后沁出薄薄的冷汗，低着头一声都不敢吭，只差景霄一拍案几，说一句大胆，她便跪下求饶。

唉，伴君如伴虎呀。

"你该不会在心底骂我吧？"景霄背着手走到她身边，随意道。

果然，娄鸾鸾腿一软，"扑通"一声跪下："请皇上明鉴。"

见她瑟瑟发抖，景霄知道自己玩过火了，又不能直接伸手扶起娄鸾鸾，只好轻咳一声道："你说的话，我自会斟酌，下去吧。"

几乎是他话音落地的同时，娄鸾鸾便逃也似的离开含凉殿。

远离景霄，远离含凉殿后，她才松了口气。

第七章

偷溜出宫一日游

几日后，景霄放了赵易。

好不容易回到将军府，看着趴在软榻上的赵易，长风哭得一把眼泪一把鼻涕："公子，呜呜……您受罪了，看您被打成这样，长风心里疼呀……"

赵易被他哭得头疼："行了，我不是活得好好的？你号成这样，别人还以为我已经死了。"

"呸呸呸！"长风哭腔一收，忙转身对着天道，"公子胡说的，老天爷千万别当真。"

说完，他又转身一脸幽怨地看着赵易："公子，您就不能盼着自己点好吗？"

赵易正欲说话，突然门被人推开，茶朦朦俏生生地立在门口。

看到茶朦朦，长风如临大敌，张开手臂，和老母鸡护崽一般护着赵易："你、你来干什么，我家公子都伤成这样了，你要是……"

"你出去。"

"你出去。"

两人异口同声地说道，长风不确定地看了一眼赵易："可是公子……"

"你放心。"赵易一脸无奈，"我饿了，你吩咐小厨房做点吃的给我。"

"可是……"

"你放心吧。"这次轮到茶朦朦开口，"我不会伤害你家公子，我保证。"

见此，长风只好一步三回头地离开。

茶朦朦将门关上，走到床边，垂眸看着趴着的赵易。他已经换上一身干净的衣裳，隔着衣裳，她并不知道他伤得到底有多重。

她从衣袖中掏出一瓶药，递给赵易："这是金创药，你可以让长风帮你抹，我先走了。"

"谢了。"赵易勾了勾嘴角，"这长风也真是的，走之前也不知道给你倒一杯茶，我这动弹不得，招待不周，还请你见谅。"

"你为什么要帮我？"茶朦朦突然问，"这件事与你没有半点关系，而且你明知道我们两家不合，为什么还要帮我？"她盯着他，不放过他脸上一点细微的表情。

娄鸳鸳教过她，话可以骗人，但表情和眼神不会，她倒是想知道赵易的葫芦里卖的什么药。

"你千方百计想从我手中拿走玉佩，不就表明你不喜欢被人束缚，不愿意听从父母之命，媒妁之言吗？好歹我也是和你一同长大，

虽然你处处给我使绊子，但我还是不忍心看着你身陷困境，能伸手帮一把就帮了，反正也不是什么大事。"

"不是什么大事？"茶朦朦一脸凝重，"不是什么大事，你会被打成这样？你可是皇上最信任的左膀右臂，你知道你这样做会造成什么后果吗？很多人说你功高震主、恃宠而骄、为所欲为、罔顾礼法，你不仅仅是破坏了我和俊国公的二公子的姻缘，你还败坏了自己的名声。"

茶朦朦不是笨蛋，赵易年纪轻轻便立下汗马功劳，战功赫赫，一群心怀不轨的人时时刻刻盯着他，想抓住他的把柄，他这么做无异于把自己暴露于危险之中。

"为什么呢？"她喃喃着，"你其实没必要帮我的，我们是……"

"是敌人吗？"赵易收了笑，"我们可没有深仇大恨。"

是，他们并没有深仇大恨，有的只是上一辈人的恩怨。这些日子，茶朦朦扪心自问，梳理自己和赵易的关系，由此发现一件事，她并非真的讨厌赵易。

在他三番五次解救自己于危难之中的时候，这点讨厌逐渐淡去。

"我们不是敌人，"茶朦朦垂眸，"可我们似乎也没法做朋友。"

赵易暗自腹诽：我本来也不想和你做朋友。只是做朋友的话，他何必劳心费力、大费周章，只是现在正是她迷茫的时候，他不该咄咄逼人，应该让她自己想清楚。

"我有点累了，你先回去吧。"赵易笑了笑，"免得长风要在门口站成石头了。"

茶朦朦点了点头:"爷爷那边我会与他说明白,你不用担心。这一次算我欠你的,以后你要我做什么,我都不会拒绝。"

"那你能将玉佩还给我吗?"他笑眯眯地提出要求。

茶朦朦愣了下。

"你别误会。"赵易轻咳一声,"这玉佩我从小戴在身上,一时之间离了它,我还真不习惯。"

"还给你,"茶朦朦从衣袖中掏出玉佩,放在他手里,"物归原主。"话毕,转身离开。

那端,长风确定茶朦朦走远后,才战战兢兢地端着吃的进来。

看到赵易手里的玉佩后,长风一脸惊讶:"公子,您不是说玉佩丢了吗?怎么突然又回来了?它难道长了腿吗?"

赵易勾了勾唇:"是啊,回来了。"

"不过公子,您这次之所以能这么快出来,多亏了晨曦宫的晨妃娘娘。"长风说,"我听宫里的人说,是晨妃去向皇上求情,皇上这才放了您。"

赵易心里好笑,这本来就是他们演的一场戏,他本来还想多演一会儿,结果有人迫不及待地替他求情。

他被打入天牢后,有人幸灾乐祸,有人冷眼旁观,也有人顶着"掉脑袋"的危险替他说话。晨妃与他不过点头之交,而且皇上也说过,她素来喜欢清静,不喜欢麻烦,是不可能为了他这个"陌生人"去

求情。

除非，有人拜托她。而这人除了茶朦朦，别无他人。

"是啊，多亏了她。"赵易喃喃道。

不久后，晨曦宫收到了赵易的谢礼。

李友病正在清点礼单，一边清点，一边双眼放光："赵将军好生阔气，送了这么多东西，发财啦，发财啦。"

宝儿实在看不惯他这副财迷模样："李公公，你能不能矜持点，你看娘娘多淡定，视钱财如粪土。"

视钱财如粪土的娄鸾鸾走过来，漫不经心地扫了一眼满桌金灿灿的东西，随手挑了几件送给宝儿和李友病："这些你们拿去，其他的收好了放进小仓库。"

"谢娘娘赏赐。"李友病高兴得跪下连连磕头。

"娘娘，今年您的赏赐真多，太皇太后她老人家上次赏的东西还都在小仓库，娘娘想不想再看一遍？"

"不看了。"娄鸾鸾摆摆手，有气无力道，"赏赐再多又有什么用，我又不能拿出宫花，放在那儿也是死物不是吗？"

李友病刚得了大赏赐，见她一脸苦恼，恨不得两肋插刀，于是建议："娘娘，您想出宫吗？"

娄鸾鸾双眸一亮："李友病，你有办法让我出宫吗？"

宝儿越听越不对劲："你们在说什么出宫不出宫的，娘娘，私自出宫，那可是杀头的大罪。"

李友病刚刚被热血冲昏了头脑，现下冷静下来，追悔莫及。但说出去的话等于泼出去的水，他不忍心自家主子失望，只能硬着头皮道："当、当然有了。"

在娄鸾鸾殷切的眼神下，李友病索性豁出去了："宫中每个管事太监一年都有两次出宫的机会，巧的是，奴才还剩下一次机会。出宫太监都有特殊令牌，到时候我去太监房领了，只是要委屈娘娘假扮成太监，到时候出示令牌，就可以名正言顺地从宫门出去。只是为以防万一，娘娘您尽量早去早回。"

只要能出宫，就是一个时辰她都愿意。

娄鸾鸾很开心，随手又赏了李友病一个金元宝："李友病，全靠你安排了。"

李友病捧着金灿灿的赏赐，欢天喜地地下去了。

宝儿忧心忡忡："娘娘，您真的要出宫吗？万一被发现了，这可是杀头的大罪。到时候不仅仅是您，只怕娄家也会被牵连。"

"只要你不说，我不说，咱们低调一些，我早去早回，不会有人发现的。"娄鸾鸾的一颗心早已经飞到宫外去了，何况她也不是私自出宫，而是拿着令牌，只要伪装成小太监，相信没人会专门去追究关注她。

可惜，宝儿的担忧并没有错，不怕一万，只怕万一，很多事情即便安排得再完美，中途都会出现拦路虎或者说意外。

翌日，娄鸢鸢在宫墙内的一处小花园等李友病。她穿着一身太监服，戴着帽子，低着头，若不仔细看，的确像小太监。景霄经过此处的时候，却看出了异样。

陈公公见景霄一直盯着一个小太监看，正要上前一步提醒，景霄却制止他："你先下去。"

虽然不知道皇上想做什么，但陈公公还是领命退下。

景霄背着手，也没刻意放轻脚步，慢吞吞地踱步到娄鸢鸢身边。

听到身后的脚步声，娄鸢鸢倏然回头，"李友病"三个字还没叫出来，她便吓得定在原地，惊恐地瞪大双眸。

景……景霄，他怎么会在这里？娄鸢鸢迅速地在心里想对策和说辞，但她发现，无论什么样的说辞，好像都没法解释她为什么穿着太监服在这里瞎转悠吧。

"果然是你。"景霄上下打量着娄鸢鸢，似笑非笑道，"你穿着太监服在这里干什么？"

娄鸢鸢欲哭无泪，难不成说自己是吃饱了撑着穿太监服玩吗？

屋漏偏逢连夜雨，李友病匆匆赶来，因树木遮挡，他并未看到景霄，只急急忙忙地将出宫令牌塞到娄鸢鸢手里，压低声音道："娘娘，我已经把令牌拿来了，待会儿您出宫的时候稍微低着头，大大方方走出去即可。不过您一定要早去早回，万一皇上突然跑到晨曦宫，到时候我和宝儿可能支撑不了多久。"

他一来就"噼里啪啦"说了一通，娄鸢鸢连阻止的机会都没有，看着他露出一脸死到临头的表情。

李友病也发现了："您这是什么表情？"

娄鸾鸾叹息一声，指了指前方。

李友病顺着她手指的方向望去，待看到站在树旁神色不明、喜怒难辨的景霄后，顿时吓得双腿一软，"扑通"一声跪在地上。

娄鸾鸾也跟着跪下，一主一仆争先恐后地求饶。

景霄居高临下地看着他们求饶，最后对李友病说："你先下去。"

李友病虽然贪生怕死，但也是忠心耿耿护主的，眼见景霄只放他一个人，又"砰砰"磕头求情："皇上，此事因我而起，是我怂恿娘娘出宫的……"

"胡说八道。"娄鸾鸾忙打断他的话，"是我逼迫李友病的，这件事与他无关。"

见他们两人互相抢黑锅背，景霄又好气又好笑，只好命令："李友病，你先下去，否则我立马叫人砍了你的脑袋。"

李友病缩了缩脖子，捂着脖子惊疑不定，一步三回头地离开了。

娄鸾鸾低着头，吓得大气都不敢出。

景霄静静地看着她，须臾后，他开口："想出宫？"

人证物证俱在，她要是坦白的话，还能从宽处理；要是死性不改，惹怒他，没准待会儿脑袋就要搬家了。于是她主动认错："我知道错了，但李友病是无辜的，我是主子，我说什么他都要听我的，你要惩罚就惩罚我一个人。"

娄鸾鸾一直低着头,整张脸都被帽子遮盖,整个人缩成一团。景霄皱眉:"你站起来说话,一直趴着像什么样子,真把自己当太监?"

闻言,娄鸾鸾一骨碌爬了起来,恭恭敬敬地站好。

景霄背着手,围着她慢悠悠地踱步。他每一个脚步,都像踏在她脆弱的心尖上一般。她希望景霄能速战速决,别这样吊着她,吓都会活活吓死她。

突然,景霄停下脚步,她的心跳也跟着停了下。

"是皇宫太无趣了吗?"景霄故意道,"所以你要冒着杀头的罪名跑出宫?"

娄鸾鸾吓得后背被汗水浸湿:"不、不是。"

"别这么害怕。"景霄笑道,"我又不是喜怒无常、暴虐无道、杀人如麻的昏君。"

娄鸾鸾哆哆嗦嗦地看着景霄,就他这副"笑面虎"的样子已经够可怕了。可她心底这么想,面上还是强撑着笑,让自己别太害怕:"您、您当然是明君,肯定不会滥杀无辜,您是天底下最英明神武的人。"

"是啊,明君是不会不分青红皂白杀人的对吗?"他笑眯眯道。

闻言,娄鸾鸾觉得自己脖子上的脑袋摇摇欲坠,他的意思再明显不过,他不会不分青红皂白杀人,但会问清理由杀人。

像赵将军这样的人,替景霄做了多少事,为朝廷立了多少功,他还不是说关就关,说打就打,更遑论她一个小小的嫔妃了。

想到这里，娄鸾鸾反而释然了。人终有一死，或重于泰山，或轻于鸿毛，反正十八年之后她又是一条好汉。最重要的是，下辈子她坚决不要投胎于富贵之家，也不要入宫为妃，只想做个普通人，平凡自由地过一生。

"皇上，看在我们相识的份上，死前我能不能提个小小的要求？"她平日里的潇洒和淡定不翼而飞，泪光闪闪地看着他。

无论多么强大的人，面对死亡，都会害怕，她只是一个凡人，当然也不例外。

景霄嘴角抽搐，他是说了哪句话让她以为自己要杀了她？他不过想逗逗她而已，这丫头也太不经吓了吧？她如此不按常理出牌，那他该怎么顺杆往下爬，和她一起出宫。

景霄发现，自己回回玩火自焚。

于是，他连忙亡羊补牢，免得这把火烧得更旺："我什么时候要你死了？"

娄鸾鸾正沉浸在悲伤中，听到这话倏然抬头，满脸不敢置信："您是说……"

景霄没好气道："我没有动不动就杀人的嗜好，何况你偷溜出宫的事情虽然有错，但只有我一个人看到，你也并没有出去，只要我不追究，你就不算有罪，你懂了吗？"他已经说得够清楚明白了，希望她能会意。

果然，娄鸾鸾将眼泪一收，不确定道："您的意思是，打算睁一只眼闭一只眼？"

景霄斜睨了她一眼："这……就要看你的诚意了。"

她的诚意，她什么诚意？

正当她百思不得其解之时，景霄状似无意道："我也许久未出宫了，作为一国之君，偶尔也要体察体察民情。"

这是打算和她一起出宫了？

娄鸢鸢以为景霄是在给她下套，但没想到他竟拉着她先回宫换了身衣服，随后带着她大大方方地从宫门走了出去。

一出宫门，呼吸着外头的空气，娄鸢鸢有种不真实的感觉。她真的出宫了，而且，允许她出宫的人还是景霄。

这样光明正大地呼吸着外头自由的空气，真好。

出了宫门，景霄不知从何处牵来了一匹高头大马，大马毛色油光发亮，看起来就不是俗物。

"会骑马吗？"他问。

"当然会。"娄鸢鸢拍了拍马腹，又摸了摸它的脑袋，接着轻盈地翻身跃上马背。她一拉缰绳，马儿抬起头，高昂地嘶鸣一声。

娄鸢鸢扬起一抹笑，笑容洒脱，一双杏眼盛满水光："我不赖吧？"这是她第一次恣意地与景霄说话，不同往日的唯唯诺诺，战战兢兢，不是假笑，而是发自内心的喜悦。

迎着阳光，景霄静静地看着她，那双眉眼似星如月，却又像朝阳一般温暖清澈，他心里泛起一股前所未有的安全感。

景霄轻轻松松地跃上马背，娄鸾鸾惊呼一声，看着他接过自己手中的缰绳。她不自在地扭动了下身体，却换来他不容置疑的禁锢："别乱动，小心掉下去。"

娄鸾鸾垂着头。

两人骑着马，慢悠悠地踱到朱雀街。

朱雀街是离皇宫最近的一条街，也是他们云兴国最繁华最热闹的一条街。每逢节日之时，云兴国的皇帝都会与民同乐，站在最高的城楼上看烟花，为民祈福。

朱雀街云集了各个地方的人。

时间尚早，但朱雀街已经十分热闹，小贩们的吆喝此起彼伏，街上的各色小吃让人垂涎欲滴，街两侧是各种各样的酒楼、客栈和医馆、裁缝铺。

娄鸾鸾一双眼睛应接不暇，什么都想看，什么都想要。

两人来到一个糖人摊前，娄鸾鸾目不转睛地盯着制作好的糖人。

"喜欢？"景霄问。

"嗯。"娄鸾鸾点点头。

景霄从口袋中掏出钱袋，问小贩："多少钱？"

"龙的是八文钱，凤凰的是五文钱，这只小雀儿的是三文钱。"小贩回答。

娄鸾鸾挑了一个小雀儿的。那小雀儿做得非常精致，花纹繁复，栩栩如生，三文钱的确很实惠。她举着小雀儿的糖人，却舍不得下

口了。

"怎么不吃？"景霄看她举着糖人光看不吃，有些不解。

"这么漂亮，我有点舍不得吃。"她冲他一笑，"您说他的手怎么这么巧？"

景霄十分好奇："那你怎么选了小雀儿，那边不是还有龙和凤凰的糖人。"

"因为我喜欢小雀儿。"她说，"虽然小雀儿没有龙和凤凰那么高贵，但是它自由自在，可以去自己想去的地方。"

明明是不经意的一句话，却让景霄的心蓦地沉了沉，她羡慕无忧无虑、自由自在的小雀，不愿意做高贵却被束缚在宫墙中的凤凰。

"那边有糖炒栗子。"娄鸾鸾并没有察觉自己刚刚的一席话狠狠地插了景霄几刀子，欢快地跑到摊贩前，开始跟小贩讨价还价。

看着她巧笑倩兮的模样，景霄心中思绪万千。他清楚地知道自己不愿意放她离开，说他自私也好，无耻也罢，如果她离开他，他会不知道未来的日子该如何度过。

娄鸾鸾一回头，冲景霄挥挥手："快过来呀。"

那抹笑容似曙光，能破开一切黑暗。他的人生充满明争暗斗，稍有差池便有可能万劫不复。在宫中，他不能表露自己真正的喜好，喜欢的食物不能多吃，喜欢的东西不可多碰，背后永远有双眼睛在注视着他，企图找出他的软肋，他的一举一动都要思量千遍万遍。

就如同他亡故的大哥所说的那般，宫中没有兄弟情，也不会有真感情，有的只是无穷无尽的权力斗争和算计，而算计成功的那一个，也不一定是最后的赢家。因为，高处不胜寒。

在他认识娄鸾鸾之前，他的心也硬如磐石，所做的事情也都是有目的；认识她之后，他才明白人有时候做一些事情并不需要理由。

等他走到娄鸾鸾跟前，她已经买了一大包糖炒栗子。刚炒的栗子散发着甜香，让人垂涎三尺。她将糖炒栗子往他面前一举，跟献宝似的："您尝尝看。"

景霄依言尝了一颗，随后评价道："的确不错。"

"不过……"他好笑地看着她，"是我给的例银太少了吗？"几分钱的事情，她非要和小贩唇枪舌剑一番。

"怎么会，妃嫔的例银已经很多了，我都用不完，只是……"她笑了笑，"讨价还价其实也是一个小小的乐趣。"

一日过得飞快，不过转眼便已月明星稀，朱雀街热闹不减，处处张灯结彩。

景霄和娄鸾鸾穿梭在人群中，他长相颇为俊美，气质出尘绝艳，随意的一举一动都是一番风景，路过的女子纷纷停下，对着他窃窃私语。

云兴国民风开放，平日里女子也可上街，而且夜晚的朱雀街多了许多表演，很多女眷便会趁着夜色出来赏赏月、游游湖、看看花灯，

156

或许还会遇到自己命中注定的情郎。

一个长相清秀的女子朝景霄走来,她走路弱柳扶风,眸光含羞带怯,来到景霄面前后,羞羞答答地从衣袖中掏出一枚精致的荷包递给他:"这是小女绣的荷包,想要赠给公子,公子可否收下?"

景霄当然委婉地拒绝了,拒绝时还不忘看了眼身边的娇小身影,只见娄鸾鸾目视远方,仿佛什么都没听见一般。

朱雀街南边有一个湖泊,湖对面是鳞次栉比的房屋。夜幕降临,湖的周围张灯结彩,灯儿倒映在湖面,层层叠叠,倒是别有一番风情。湖中荡漾着几艘船坞,船上有人对诗,有人唱歌,也有人对月吟唱,诗情画意好不惬意。

景霄租了一艘船,船并不大,却应有尽有。他让船夫将案几端到船头,一边欣赏湖光水色,一边饮酒赏月。

"小公子,要点一首曲子吗?"年迈的船夫笑呵呵道。

娄鸾鸾指了指对面正在唱歌的船夫,他们的声音清透有力,在夜色中荡漾开来,曲调婉转,抑扬顿挫,让人回味无穷。

"船夫爷爷,你们都会唱歌吗?"娄鸾鸾好奇地问。

"会,都会。"船夫乐呵呵道,"我们云兴国的人喜歌弄曲,我们平日里摆渡,无事可做,唱唱歌也能打发打发时间。不过您要觉得我唱得好,赏壶酒老朽也是欢喜的。"

娄鸾鸾看了一眼景霄,在他颔首后,点了首江上小调。

夜色温柔,微风徐徐,船夫低沉微哑、略显沧桑的声音飘散在风中。娄鸾鸾一边听着,一边感受着湖边的浮光掠影,心底前所未有的宁静,宁静中却又带着几分失落。

很久以前,她也和哥哥一同游湖赏月,可时光易逝,如今哥哥不知在何处,她也进了宫,成了宫墙内一个没有自由的可怜人。

突然,娄鸾鸾看到一道熟悉的红色身影。她定睛望去,顿时惊喜不已:"是茶郡主。"

"什么?"景霄没反应过来。

娄鸾鸾正欲说话,见船里又走出一个人,那人长身玉立,白衣翩翩,正是赵易。

真是见鬼了!

娄鸾鸾震惊地瞪大双眸,他们怎么会在一起?这两人素来不和,见面就掐,现在却如此和谐地站在同一条船上,欣赏湖岸风光,静看月色斑斓,看起来居然还有几分岁月静好的模样。

她转而望向景霄,本以为他也会露出吃惊的表情,结果他却露出一脸欣慰的笑容。

娄鸾鸾彻底看不懂了。

正当她纠结着要不要上去打招呼时,茶朦朦也看到了他们,几人对望,好不尴尬。

最终,四人换了一条大一些的船游湖。

和窘迫且不知所措的茶朦朦不同,赵易显然十分淡定,距他被怒打二十大板已过去一个月有余,他已痊愈,一脸春风得意,哪里

还看得出当日那狼狈的模样。

景霄好笑地看着他，心里默默道：看来这家伙还是技高一筹，只用了一招苦肉计，就将比仙人掌还刺人的茶朦朦骗到手。

察觉到景霄的目光，赵易报以一笑，两人心照不宣。

那端，娄鸢鸢可没心思观察他们二人的弯弯绕绕，只是碍于两个大男人在场，她不好意思问个明白，憋得好生难受。

最终，还是景霄打破尴尬："你们二人怎么会在一起？"

赵易正欲说话，茶朦朦抢先道："回皇……我们只是偶遇。"

赵易不置可否，但也没拆穿没反驳。赵易是个护短的，见茶朦朦坐立不安，生怕景霄又问出惊天之语，立马转移话题，他的目光在景霄和娄鸢鸢身上扫了一圈，状似疑惑道："你们怎么一起出了宫？"

这次，未等娄鸢鸢回答，景霄便率先开口："我们……咳，微服私访体察民情。"

娄鸢鸢诧异地抬头，目瞪口呆地看着他，没想到堂堂一个皇帝，居然也能睁着眼睛说瞎话。从出宫到现在，他何时何地体察过民情了？倒是吃了不少民间特色小吃，还买了一堆胭脂水粉、金银首饰，也不知道要给哪个宫的娘娘。

"今晚月色美好，我们光瞪眼有什么好玩的，四个人刚好可以行酒令。船夫，有酒吗？"赵易问。

"有有有。"船夫很快拿了酒过来。

想到那天景霄"三杯倒"的模样,娄鸾鸾有些担忧:"赵将军,真的要喝酒吗?可是皇……公子不胜酒力。"她本来想说三杯倒的,为了给景霄一点面子,只好换个词。

不胜酒力?赵易挑眉,意味不明地看着景霄,千杯不醉的人突然不胜酒力,说出去谁相信。

其实,赵易真的冤枉景霄了。他的确千杯不醉,但不知道那一日怎么了,他不过喝了一坛子桃花酿罢了,便醉得迷迷糊糊,甚至忘了之后的事情。后来回忆起,他将这"诡异"事件归咎于酒不醉人人自醉。

只是赵易不懂其中缘由,万一赵易说漏了嘴拆穿他,那娄鸾鸾岂不是以为他在欺骗她。

思及此,景霄不停地给赵易递眼色,好在赵易耳聪目明,加之他心情好,便笑了笑,配合道:"公子,你可以吗?"

景霄松了口气,勾了勾嘴角,哼了一声:"当然可以,反正我不会输给你们。"

"你们?"这话倒是提醒娄鸾鸾了,"那谁和谁一组?"

还不等景霄和赵易回答,茶朦朦率先拉住娄鸾鸾的胳膊:"我要和鸾鸾一组。"

景霄顿时怒目而视,眼神犀利地看着赵易,意思再明白不过:看好你的女人。

赵易收到他谴责的目光,悠悠道:"郡主,要不我们一组?你

不会喝酒,而我会喝,若你猜错了,身后有个人帮你垫着。"他笑眯眯地看着她,"难道你以为他们二人会为你挡酒?"

茶朦朦微愣,旋即妥协。第一,她没那胆子让当今皇上替她喝酒;第二,她也不忍心让娄鸢鸢喝酒。所以退而求其次,她只能和赵易一组。

莫名其妙被抛弃的娄鸢鸢,像烫手山芋一样被抛到景霄身边。

那端,景霄含笑看着她:"今天我可就指望你了。"

论行酒令,除了茶朦朦,其余三人都是个中高手,而景霄和娄鸢鸢强强联手,导致赵易和茶朦朦连连落于下风。

见赵易喝得面颊酡红,娄鸢鸢凑到景霄身边,小声道:"公子,我们要不要让一让他们,万一赵将军喝醉了,我们带不走他。"

她靠得极近,随着她说话的动作,长睫微颤,一张小脸顾盼生辉。他喉结动了动,轻轻"嗯"了声:"我听你的。"

娄鸢鸢正玩到兴头上,并没有仔细咀嚼这句话。景霄见她视若无睹,依旧沉浸其中,顿时失落不已,要追一个像娄鸢鸢这样没心没肺的姑娘,好难。

时光飞逝,眼见快到宫门落锁的时候了,四人便分道扬镳。

分开前,景霄拍了拍赵易的肩膀:"虽然我同意你们在一起,但横亘在你们面前的还有一条大沟渠。为一劳永逸,你现在还需少安毋躁。"

赵易看了一眼身后的茶朦朦,她正和娄鸢鸢说笑,眉宇间透着春意，眸光似夜间最美的星。

他心头一暖，点了点头："您也是，我想她在慢慢接受您。"

景霄看了一眼娄鸯鸯，眸光柔软无比："希望如此吧。"

进宫后，景霄将娄鸯鸯送到晨曦宫。

到了晨曦宫门口，景霄对她说道："进去吧。"

"我……"娄鸯鸯欲言又止，本想谢谢他，开口却变成，"您真的不会降罪于我和李友病？"

"你很希望我降罪？"景霄一挑眉，"这是我第一次看到有人上赶着认罪的，你不提醒，我早已忘得差不多了。"

娄鸯鸯脸都绿了。

瞧她一副心惊胆战的样子，景霄觉得好笑，伸手轻轻敲了敲她的脑袋："你放心吧，你和李友病的脑袋都牢牢地拴在脖子上，不会掉。夜晚风凉，进去吧。"景霄的语气比夜风还要轻柔三分。

娄鸯鸯心头一跳，垂眸掩下突然悸动的心，轻轻地"嗯"了声，转身进去。不久后，里头传来宝儿大呼小叫的声音。

等景霄回到含凉殿，陈公公已等得望眼欲穿，看到他回来，忙踮着脚迎了上去，老脸皱成一团："哎呀，我的皇上，您今儿个一整日去哪儿了，让奴才哪儿都找不到，奴才这心七上八下的，坐都坐不住。"

面对陈公公的"埋怨"，景霄轻描淡写道："出宫一趟罢了。"

又出宫？陈公公斟酌了下，还是冒着被打的危险劝道："皇上，如今宫外危险得很，如果您实在想出去，一定要带几个身手了得的暗卫。"

景霄好笑："我自己会功夫。"

有功夫也抵不住暗算，俗话说得好，明枪易躲，暗箭难防。这宫中这么大，难免藏了一些心怀不轨的人。

见陈公公欲言又止，景霄笑了笑："放心吧，朕自有分寸。"

"对了。"他将手里的一个小纸包交给他，"寻个好看的匣子装起来，找个好时辰送去晨曦宫。"

陈公公应下，好奇之下打开小纸包看了一眼，顿觉无奈，这皇上呀，一遇到晨妃，立马变得孩子气了，想必今日他出宫，也与晨妃有关吧。

不止陈公公无奈，收到赏赐的娄鸾鸾也是一脸疑惑。

桌上摆着各式各样的胭脂水粉、金银首饰，这些东西虽比不上宫里的珍贵，但胜在做工别致，倒也讨喜得很。

只是，娄鸾鸾用手撑着下巴，默默地盯着那一堆首饰、胭脂水粉，如果她没记错的话，这些还是她帮景霄挑的。

当时他说什么来着？他说："我想挑些礼物回去送人，你眼光好，帮我挑挑看。"

帮人挑礼物是一桩善举，也是力所能及之事，她二话不说点头答应。只不过她没想到的是，这些她精心挑选的胭脂水粉、金钗首饰，最终回到了自己手中。

事到如今,娄鸾鸾不得不多想。她犯了错,他并不计较;她求他允许她治疗丁嫔的迷症,他二话不说应下;她经常阳奉阴违,他也睁一只眼闭一只眼;他私自出宫,他和她一起"同流合污"……

她也无条件包容过宝儿,而她对宝儿无条件地包容是因为喜欢宝儿,想要爱护宝儿。

宝儿是孤儿,尚在襁褓中的时候,就被狠心的家人丢弃在她家门口,是她求爷爷将宝儿带回家的。

于她来说,宝儿更像她的姐妹,心疼姐妹、包容姐妹是再正常不过的事情,可是景霄为什么对她如此?

难不成真如宝儿说的一般,他喜欢她?

这个念头刚冒出,她立马将其挥散。自古无情帝王心,能坐上帝王宝座的,都有一颗坚硬且冰冷的心,更不会轻易交付真心。也许他只是无聊,闲暇之余发现她有趣,逗她玩罢了。

就像猫儿发现了有趣的蛐蛐,等玩腻了,自然将其丢弃一旁。

娄鸾鸾默默地叹息一声,她怎么就变成蛐蛐了呢?

第八章

昔年往事已成风

纸包不住火，赵易和茶朦朦互通心意之事终归被两家人知道。为此，茶老丞相大发雷霆，将茶朦朦关在了闺房；而赵易也被赵老将军一通责备，并命令他不许再与茶家人来往。

但茶朦朦铁了心要和赵易在一起，经过风风雨雨后，她才明白，原来从一开始她便爱上了赵易。只是这些年两家莫名其妙的仇恨蒙蔽了她的双目，让她变得偏激、冲动。

而赵易的所作所为，他们相处的点点滴滴，慢慢抹去了那些莫须有的仇恨。

关于茶、赵两家的恩怨，她无力改变，两家积怨已深，冰冻三尺非一日之寒，若想彻底解开二家的仇怨，并非一朝一夕之事。

可若这样下去，难道她要一辈子不和赵易相见吗？

为此，茶朦朦假意屈服，并再三保证不再与赵易有半分纠葛。

为此，茶老丞相才愿意放她自由。

茶朦朦一得了自由，便直奔晨曦宫。

娄鸾鸾再三保证会帮茶朦朦，可茶朦朦一走，她便苦恼了。

166

这忙并不是小忙，茶老丞相和赵老将军可是朝中数一数二的老臣，这事情要是没办好，殃及的或许还有前朝。何况此事并非她一己之力可以解决，如果没人助她一臂之力，恐怕她要让茶朦朦失望了。

可偏偏她是个热心肠，想到茶朦朦和赵易好不容易互通心意，她最终还是硬着头皮去找了景霄。

含凉殿中，景霄正翘首以盼，自从他知道茶朦朦进宫后，便猜到娄鸾鸾一定会来找他。

娄鸾鸾一到含凉殿，还未开口，景霄便率先道："你是为了茶郡主和赵易的事情来的？"

娄鸾鸾点头。

景霄顿了顿，起身走向她，在她身前站定："娄鸾鸾，这可是一个烫手山芋，你确定你一定要接手吗？万一做不好，酿成什么祸端，你的小命可能真的不保了，你不怕？"

"怕。"娄鸾鸾老老实实地回答，"可我更怕的是，我明知道自己有挽救他们的可能，却没有去做，如果因此留有遗憾，我将会后悔终生。"她郑重其事道，"请您帮我一个忙。"

不用她说，他也不会坐视不管。

"无论你做什么，我都会帮你，只是有件事，你恐怕要去找皇祖母一趟。"景霄道。

"什么事？"娄鸾鸾疑惑。

"了解茶老丞相和赵老将军的往事。"

娄鸳鸳找了一个恰当的时机，去了太皇太后所在的永和宫。

太皇太后常年吃斋礼佛，娄鸳鸳随着宫女踏入殿内，便闻到一股令人凝神静气的檀香味。

太皇太后正在寝殿闭目养神，听到脚步声睁开双眸，一双历经沧桑的凤眸慈祥且平静。

"臣妾参见……"娄鸳鸳还未说完便被太皇太后阻止。

"免了这些俗礼。来，坐到哀家身边来。"太皇太后拍了拍身边的软榻。

娄鸳鸳并不扭捏，恭恭敬敬地坐了过去。

太皇太后仔仔细细地打量娄鸳鸳。上次她被娄鸳鸳脸上的红疹吓到，如今红疹褪去，娄鸳鸳的一张小脸若三月桃花，杏眼晶莹透亮，眼神澄澈，的确是个不可多得的美人。

太皇太后一笑："既然你来了，就和哀家一道用膳吧。"

"是。"娄鸳鸳应道。

太皇太后已上了年纪，加上常年吃斋，吃得并不多。用完午膳后，太皇太后需静心礼佛，娄鸳鸳便陪伴在侧。

做完一切，两人才真正坐下说话。

经过方才那一系列事情，太皇太后越看娄鸳鸳越怜爱喜欢，其他嫔妃也来过她这儿，陪过她用膳礼佛，可她们往往面上恭敬，不经意间不耐烦的动作便暴露了心思。但娄鸳鸳这孩子不同，不管是同桌吃斋抑或念经，她都是诚心诚意。

思及此,太皇太后握住娄鸾鸾的手,笑道:"你小时候哀家抱过你,那时候你还是一个粉雕玉琢的小人儿,如今已经亭亭玉立,成了我的孙媳妇。"

一句"孙媳妇"让娄鸾鸾红了面颊。

两人说了一些话,最终娄鸾鸾找准机会,将话题移到茶老丞相和赵老将军的事上。

太皇太后微愣,旋即叹息一声,将这段往事娓娓道来。

暮色四合,娄鸾鸾才从永和宫出来,一路上她都在想茶老丞相和赵老将军的事情。

当年,茶老丞相和赵老将军一同长大,形影不离,两人结拜为异姓兄弟,感情颇好。一次两人出游时,在荒郊野外救了一位奄奄一息的女子。女子名唤何青莲,生得花容月貌、我见犹怜,两人见她无依无靠,便带她回家。

因赵老将军早已许下婚约,茶老丞相便把何青莲留在自己家中,两人年纪相仿,又因男未婚女未嫁,日久生情。最终茶老丞相不顾他人阻止,迎娶了何青莲。

赵老将军虽有婚约,但对何青莲一见钟情,只是木已成舟,他见他们两情相悦,虽然心有不甘,但最终还是忍痛放弃祝福他们。可好景不长,那时年纪尚轻的茶老丞相迫于家族压力娶了个对家族有裨益的世家女子。后来何青莲一病不起,没多久便香消玉殒,也未给茶老丞相留下一儿半女。

赵老将军知道后,将何青莲的死怪罪于茶老丞相头上,与他翻了脸,两人大打一架,最终决定老死不相往来。

这一闹,便闹了这么多年。

他们的恩怨皆因何青莲而起,若要解开他们之间数年的积怨,也必须由何青莲结束。

可说得容易做起来难,娄鸾鸾万分苦恼,师父教过她许多,可并没有手把手教她解决这些问题,她需要根据实际情况对症下药。

何况何青莲早已离开人世,没有她,该如何消除他们兄弟二人之间的嫌隙?

该如何是好呢?

娄鸾鸾回到寝宫,坐在案几前,撑着脸颊冥思苦想。红烛下,一头长发如瀑,她贪凉,只着一身中衣,衬得她越发清丽动人。

景霄踏进寝宫时,看到的便是这一幕。

娄鸾鸾光顾着沉思,并未察觉景霄到来,直到一道阴影覆在她眼前,她才后知后觉地抬起头。她忙起身,却被景霄伸手按住肩膀:"免了,坐着吧。"

闻言,娄鸾鸾只好规规矩矩地坐好。

景霄褪去一身龙袍,只着一袭常服,看起来更像个温润如玉的俏公子,看得娄鸾鸾移不开视线。

"这么晚了,你一个人坐在这里在想什么?"景霄自然而然地

170

在她身边坐下,随意问道。

娄鸾鸾轻轻叹了口气,答道:"我在想茶老丞相和赵老将军的事情。"

景霄手指轻叩桌面:"看来你今天从皇祖母那里知道了许多事。"

娄鸾鸾叹息:"茶老丞相和赵老将军谁也没有错,错的不过是命运。"

娄鸾鸾从太皇太后那儿得知,何青莲的确是病死的,但何青莲并不怨恨茶老丞相,反而感激他给予的一切,即便她这一生很短,她也甘之如饴。

可是茶老丞相懂,赵老将军却不懂,所以他们才会心生嫌隙……

娄鸾鸾眼眸一亮,突然起身,却因脚下踩了裙摆,一个趔趄朝景霄扑去。

景霄双手扶着她的肩膀,眼眸含笑:"你这是对我投怀送抱吗?"

娄鸾鸾手忙脚乱地想要起身,却被景霄禁锢在身边,他一只手扶着她的肩膀,一只手圈着她的纤纤细腰,嘴角微扬,语气低沉:"嗯?"

娄鸾鸾被他那句"嗯"撩拨得头皮发麻,面红耳赤,半天回不过神来。

见她面若桃花,眸中含羞带怯,景霄轻笑一声放开了她。

娄鸾鸾得到自由,忙离开他一丈远,瞥见他不悦的神色,又悄悄挪回来一些,但尽可能避免与他有身体接触。

景霄不再逗她，敛了笑，正色道："你方才想到什么了？"

娄鸳鸳道："回皇上，何青莲与茶老丞相是情投意合，自愿在一起的，即便何青莲临死之前，也无怨无悔。茶老丞相定然知道这些，可赵老将军不知道，所以他才会耿耿于怀，一直记恨茶老丞相。"

"嗯。"景霄点头，"你可有法子？"

娄鸳鸳说道："如果让赵老将军知道何青莲的真实心意，我想他便可放下这一切，心病还须心药医，他纠结的并不是何青莲爱不爱自己，而是茶老丞相娶了何青莲，却没有保护好她，让她早早离去。"

"或许茶老丞相的确有错。"景霄定定地看着她，"若是我，绝不会让自己心爱的女人受到任何伤害。"

见娄鸳鸳并未有所回应，景霄嘴角微敛，暗叹她的不解风情。

"那你可有法子了？"景霄道，"若再没有，我怕赵易一个冲动，带着茶朦朦私奔。"

娄鸳鸳咬着唇，纠结良久才道："我倒是有一个法子，不过需要皇上的配合。"

景霄垂眸看着她明媚的面庞，红烛下，那张小脸娇俏无比，眸光盛着月华，目光流转之间魅人无比，她微微一眨眼，便足以让他看得痴迷。

"好。"他轻声道，"我会配合你。"

翌日，娄鸳鸳立马召集丁嫔、许嫔等一众人。

众人围坐一团，娄鸾鸾率先开口："你们想不想做好事？"

丁嫔眼睛发光："晨妃姐姐，做好事有报酬吗，比如吃的？"

娄鸾鸾瞄了一眼她又圆润了不少的脸蛋，抚额叹息："你吃得还不够多吗？"

许嫔倒是十分感兴趣："是什么样的好事？"

娄鸾鸾眨了眨眼，竖起一根食指："听我慢慢和你们说。"

众人听完后，每个人的反应都不同。许嫔拿着手帕频频拭泪，丁嫔依旧一脸茫然，李友病一脸气定神闲，宝儿有感而发："太感人了，我们一定要成全他们。"

丁嫔煞风景地道："为何我不觉得感人？不过就是三个被命运捉弄的人。"

众人齐刷刷地瞪她："那是因为你没心没肺。"

丁嫔嚓声，讪笑一声，比起儿女情长，她觉得还是吃食有意思得多。

娄鸾鸾点头："既然你们都愿意帮忙，那我便不客气了。丁嫔，你自小习武，便演赵老将军这个角色；许嫔妹妹，你便演何青莲；至于茶老丞相的角色……"

李友病突然起身，一撩衣摆，一脸义不容辞："什么都不用说了，奴才愿为娘娘鞠躬尽瘁，死而后已，茶老丞相的角色非奴才莫属。"

宝儿斜眼看他："你？"

李友病有些不好意思："不瞒娘娘说，奴才在进宫之前还在戏团做过,耳濡目染也学了不少东西。"

娄鸢鸢嘴角微抽。

事情便这般拍板定案,丁嫔演赵老将军,许嫔演何青莲,李友病演茶老丞相。李友病生得眉清目秀,身材挺拔修长,若忽略他的身份,气质上倒和茶老丞相很接近。许嫔天生楚楚可怜,一双美眸含羞带怯,不用演便是何青莲的翻版,唯独丁嫔有些麻烦。

首先,丁嫔反串男角,演的是赵老将军的角色,而这场戏中最重要的人不是何青莲也不是茶老丞相,而是赵老将军。若丁嫔没将自己代入赵老将军这一角色,那么这一切便毫无意义。

于是第一日排演完后,娄鸢鸢亲自抓着丁嫔单独练习。

晨曦宫内,娄鸢鸢语重心长地教育丁嫔:"丁妹妹,你要将自己看作赵老将军,你想想看,你和你的好兄弟一同对何青莲一见钟情,可你碍于家中早有婚约而不能吐露自己的感情,此时你是爱而不得,一定非常伤心不甘。"

丁嫔一脸为难:"可是我毕竟不是赵老将军啊,我实在体会不到他的感情。"

娄鸢鸢万分苦恼,无计可施之下突然灵光一闪:"如果你和你的好兄弟同时看中一盘红烧肉,可你吃饱了,只能眼睁睁地看着对方吃下,你会如何?"

丁嫔嘴角一撇,瞳孔一缩,将哭未哭,一副伤心欲绝的模样。

"对,就是这样。"娄鸢鸢拍手,"到时候你便想着唾手可得的红烧肉落入别人口中,你的感情便可宣泄而出。"

丁嫔点点头。

十日后,太皇太后邀请茶老丞相和赵老将军入宫一叙。茶老丞相和赵老将军多年不和,但太皇太后发话,他们不敢不赴约。

进宫当天,两人在宫门口撞了个正着。两人一照面,同时吹胡子瞪眼,又同时哼了一声,谁也不理会谁,看得一旁领路的太监低头憋笑。

景霄与太皇太后早已在永和宫等候,二人一来,景霄便开口:"朕听闻茶老丞相身体抱恙,今日可好一些了?"

茶老丞相恭恭敬敬地跪下:"老臣承蒙皇上记挂。"

"既然知道自己老了,就别整天惹事,乖乖待在家中不好吗?"赵老将军常年征战沙场,脾气大,气性也大,说话直来直往,说完立马察觉不妥,又连忙谢罪,"臣失言。"

景霄和太皇太后对视一眼。太皇太后道:"你二人都是朝中股肱,皇帝还要多仰仗二位。近日哀家病着,这不皇帝为给哀家解闷,专门从宫外为哀家找了一出戏,独乐乐不如众乐乐,哀家便想着召你们二人随哀家一同看看。"

"是。"二人齐齐道。

太皇太后点点头,吩咐道:"看座。"

茶老丞相和赵老将军入座后,娄鸾鸾便在幕后交代李友病等人:

"此事的成败在此一举,一定要全力以赴,尤其丁嫔妹妹,你可有问题?"

连日排练下来,丁嫔早已将自己代入赵老将军的角色,闻言信心十足地点头:"姐姐放心。"

在他们说话的同时,戏剧已经开始,李友病和丁嫔一身锦衣而出,一个风度翩翩,一个器宇轩昂。

下方的茶老丞相和赵老将军一看到二人,不约而同忆起往年。那时候,他们不过弱冠年纪,把酒言欢好不自在,虽然他们一文一武,但并不妨碍他们成为好兄弟,只是这一切都被一名女子所打破。

那一日,他们结伴同游,在野外碰见奄奄一息的何青莲,她虽落难,但仿佛九天神女,清丽不可方物,两个意气风发的少年郎,只看了一眼便交付了真心。

台上,李友病饰演的茶老丞相以及丁嫔饰演的赵老将军正把酒言欢,对月吟诗,突然一位女子闯入他们的视线。

茶老丞相望着台上,回忆起往昔的点点滴滴,伤怀不已。

他们一同遇上何青莲,但最终何青莲和他情意相投,成为一对眷侣。他发誓这一辈子爱护她,可事与愿违,他碍于家族势力另娶他人为妻,新妇善妒,何青莲只能独守空房。对此,他万分痛苦纠结,而她却一再安慰他,在家中谨小慎微地活着。

也许是忧思成疾,不过两年她便身患重疾,他不顾一切陪伴在侧,无论族人或者嫡妻母族如何埋怨,他都充耳不闻,因为在他心中，何青莲便是他此生唯一的妻子。

可惜，天不遂人愿。

何青莲离去的那天，淅淅沥沥下着小雨，她握着他的手，气若游丝，眼角含泪却坚定不移地说："我这一辈子能遇上你，不悔，别为我伤心，好好活着。"

她无悔，他却追悔莫及，后悔没能好好保护她。

赵擎说得没错，他就是一个口出狂言却无法兑现承诺的懦夫，是他间接害死了青莲。

台上许嫔饰演的何青莲奄奄一息，正与李友病饰演的茶老丞相互诉衷肠。下方的赵老将军看着这一切，手指微微用力，不小心捏碎了酒杯。

赵老将军心里很明白，当年他对何青莲一见钟情，奈何落花有意流水无情，加上自己早有婚约，只能忍痛弃爱。

何青莲那般美好，即便将她"让"给自己最好的兄弟，他心中依旧不甘，日日寝食难安，后来他们成婚了，他便彻底死心。可惜好景不长，他的好兄弟另娶他人，不过两年时间，她便病重离世。

他一直认为是茶行忠害死了何青莲，即便茶行忠没有亲手杀死她，也是害她郁郁而终的罪魁祸首。何青莲死后，他便发誓这辈子与茶行忠恩断义绝，从此见一次打一次……

可是，赵老将军在恨茶行忠的同时却忽略了一件事——何青莲的真实想法。

台上扮演何青莲的女子嘴角噙笑，眼含深情，一字一句地说道："能和你在一起，我此生无悔。"

赵老将军泪眼模糊，他似乎回到了过往，看到了病榻前的何青莲以及陪伴在侧伤心欲绝的茶行忠。

是自己一直恨错人了吗？赵老将军扪心自问。

台上还在演着，可茶老丞相和赵老将军心思各异，太皇太后将他们的反应尽收眼底，有些感伤地摇了摇头。

娄鸾鸾虽然不是第一次看这场戏，可在这样的气氛之下，她还是不由自主地红了眼眶。看着李友病、丁嫔、许嫔他们，她似乎也被拉回了当年，不禁感伤万分。

戏已经谢幕，往事却如风，再也追不回，茶老丞相和赵老将军看着合上的幕帘，心思百转千回。

从宫里出来，两人不再你一言我一语地针锋相对，而是一前一后沉默地走在路上。月光拉长了他们的身影，赵擎看着他们的身影，仿佛又回到了当年。那时候，他们还是恣意潇洒的少年郎；那时候，他们还是结拜的异性好兄弟；那时候，他们许下承诺，未来他们娶妻生子，若是一男一女，就结为夫妻，亲上加亲。

如果没有何青莲的出现，如果他们没有对何青莲一见钟情，如果何青莲没有死，那么这一切也许不会发生，只可惜，没有如果。

赵擎突然停下步伐，虎目灼灼地看着茶行忠："当年你保证过的，会好好照顾她，可你失言了。"

方才那一幕勾起了茶行忠心底最深的痛和伤疤，为此，他并没有听到赵擎的话。

见茶行忠面色冷漠，赵擎原本软下去的心瞬间硬如磐石，一股怒气从心底直冲头顶。他恨得紧咬银牙，青筋暴跳，突然伸手猛地拽住茶行忠的领子，迫使茶行忠面对自己。

赵擎从小练武，又征战沙场多年，虽年过七旬，白发苍苍，力气却依旧不小，这一拽，拽得茶行忠面色苍白，连连咳嗽。

一旁领路的小太监吓得瑟瑟发抖。

"我问你话呢，当年你为什么没有好好保护青莲？为什么让她香消玉殒？如果知道是这样，当年我不会将她让给你，绝对不会。"赵擎吼完，大口大口地喘气。

茶行忠止住咳嗽，呵呵一笑，也不知道是嘲笑他，还是嘲笑自己："你终于肯说出来了。"

"你什么意思？"赵擎怒目而视。

"很早之前我就知道你喜欢青莲了，你看她的眼神和看别人的不一样。你是我最好的兄弟，如果我不是爱她入骨，是不会与你争抢的。"

"爱她入骨？爱她入骨就是让她含恨而终吗？爱她，就是让她没留下一儿半女在人世间吗？你就是这样爱她？"赵擎怒吼，发泄心中的痛苦。

茶行忠老泪纵横："她走了，我何曾不想陪她一走了之。"

可是，他答应过她会好好活下来；答应过她，他会子孙满堂；答应过她，在他白发苍苍之际，再体体面面地去见她。

"那你怎么不去死！"赵擎百感交集，怒意和伤心冲昏了他的头脑，他猛地一推，将茶行忠狠狠推倒在地。正要揍茶行忠时，一旁吓得直哆嗦的太监终于冒着被赵擎捶死的危险，抱住他的大腿劝说："赵老将军，使不得使不得呀。"

"滚开。"赵擎挣开太监的束缚，蹲在茶行忠面前，"总之，我不会答应孩子们在一起的，上一辈子的恩怨就让我们带进棺材里头，我不希望我们两家再有任何纠葛。"

茶行忠呵呵一笑："赵擎，你别忘了，赵易那孩子和你一个脾性。"

"你什么意思？"赵擎道。

茶行忠却不说话了，在太监的搀扶下艰难地爬起来，拍了拍身上的灰尘，微喘着气，一言不发地离开了。

一旁的太监不停地问："您真的没事吗？要不要给您请御医看看？您慢点，我扶着您。"

茶老丞相被赵老将军一推，卧床数日不起，这让景霄十分头疼，寻思着劝赵老将军去道个歉，结果人家闭门不见。

本以为经过此事之后，两人会解开误会，摒弃前嫌，和好如初，结果倒好，两个一把年纪的老人还未出宫便在宫里"大打出手"，

这真是让人想都未曾想过。

最为自责的就是娄鸾鸾了。一开始景霄便问过她，如果适得其反该如何？事实证明，他的顾虑果然没错，是她太天真，考虑得太不周全了。

她将过往的伤疤撕开，让茶老丞相和赵老将军目睹往事，却忘了考虑他们一时半会儿能不能接受、会不会接受。

如今，她好心办坏事，反而让茶朦朦和赵易两个人的关系如履薄冰。

景霄踏进晨曦宫的时候，便看到娄鸾鸾一副失魂落魄的模样，仿佛霜打的茄子，再无半点活力。

他叹了口气，就知道她定会将一切责任揽在自己头上兀自懊恼。

听到脚步声，娄鸾鸾回头，见是景霄，有点无地自容："我搞砸了。"

景霄并没有说话，走到她身边坐下，亲自倒了两杯茶，将其中一杯递给她："宝儿说你一早上都没吃过东西。"

娄鸾鸾也不矫情，接过抿了一口，随后抬头，目光灼灼道："无论要我做什么，只要能弥补，我一定竭尽全力去完成。"

景霄定定地看着她。

这就是娄鸾鸾，看似不争不抢，甚至还有些唯唯诺诺，实际上外柔内刚，从不会被任何难题打倒。即便遇到困扰，也不会自怨自艾，而是想方设法去弥补。

有点傻气，又十分坚韧。这就是他所爱的女子啊。

"这件事不全是你的错。"景霄喝了口茶，"别怪自己，你做得没错。"

娄鸳鸯不解地看着他。

景霄抬起手，撸起袖子，露出一截手臂。他手臂上有条狰狞的伤疤，看上去像是被刀砍的。看到那条疤，娄鸳鸯心头不知为何一窒，想象那刀砍在手上，鲜血淋漓的模样，她便止不住胸闷难受。

在她还没理清自己内心的感受时，景霄淡淡道："这是我在战场救人的时候，没注意被划了一刀。当时敌人的刀抹了毒，伤口溃烂发炎，军医治了好久才好。伤口快好的那段期间，我的手又痒又疼，恨不得揭下那伤疤。所以说，很多伤疤不是一时半会儿就会好的，它们可能要历经许多岁月才会慢慢长好，恢复到原来的模样。"

娄鸳鸯的心慢慢平静下来，心仿佛被一双温柔的手抚过。她以为自己够冷静、够理智，也足够自信，但她今天才发现，眼前这个人才是真正的冷静理智，且温柔强大。

她突然想哭，因为想到了自己，也因为想到了师父。

景霄点到为止，知道她尚有情绪，没有久留便离开了。

他回到含凉殿不久，赵易来了。

他并不惊讶，让陈公公宣赵易进来，并屏退含凉殿所有人，陈公公领命而去。

赵易跪在下方，经过这些日子，他也消瘦了许多，看来情情爱

爱的确折磨人，但景霄相信赵易并不后悔。

赵易开口的第一句话便是："臣十分感谢晨妃娘娘所做的一切，请您一定要转告她，这一切不是她的错，她千万别自揽罪责。"

景霄撇嘴不满："你以为我是笨蛋吗？我已经安慰过她了。"

闻言，赵易松了口气："那就好。"

"你现在自顾不暇，还有工夫担心别人？"景霄似笑非笑地看着他。

赵易叹息一声："爷爷回来后，一直将自己关在房中，也不见任何人。我知道他其实并没有想象中那么强硬自大，更不是故意去推茶老丞相，他只是心底有股气，憋了这么多年，一时急于发泄。"

他自嘲一笑，继续道："只是不知道这两位老人还要僵持多久。我可以忍受得了委屈，但我不希望朦朦承受这些。"

"私奔吧。"景霄语不惊人死不休。

赵易猛地瞪大眼睛，嘴唇嚅动了一下，最后笑了："还是圣上英明。"

景霄走到赵易面前，拍拍他的肩膀："其实我们都知道，两个老人只是放不下面子罢了，所以我们需要加一把火。只是这火要烧得刚刚好，不能太旺，也不能太小。"

"我懂了。"赵易点头。

最近宫中之事，真是一波未平一波又起，前有德高望重的茶老丞相和赵老将军在宫里大打出手，如今又传出他们的孙子孙女赵将军和郡主茶朦朦不顾一切私奔。

私奔一事于理不合，很快便在宫内外引起轩然大波，茶行忠和赵擎再也坐不住了。比起阻止他们在一起，私奔更是大罪，他们并不想把事情闹到不可收拾的地步。

赵擎先一步进了宫，景霄偏要做戏，用忙做借口，晾他一晾。

果然没过多久，赵擎便缴械投降了。毕竟，阻止孙子和茶行忠的孙女在一起事小，诱拐人家孙女私奔可是大罪，加上自己孙儿在朝中的地位，多少人等着看他笑话，想拉他下泥潭，为此，赵擎希望在风声闹大之前将此事压下。

而能将大事化小，小事化无的人，宫里宫外只有一个人做得到，那就是当今皇上景霄。

陈公公领着赵擎进了含凉殿，景霄也不忍心他在门外站那么久，生怕祖爷爷入梦找他算账，忙道："赐座。"

赵擎却直接一撩袍跪在地上，白胡微颤："皇上，老臣只有这么一个独孙，看在这臭小子没有功劳也有苦劳的份上，也念在我们赵家世世代代忠心耿耿的面子上，请您从宽处理，饶他一命，或者老臣亲自去抓他，抓到后，亲自带着他到您跟前负荆请罪。"

"哦？我还以为老将军是坐等着看今日的好戏的。"景霄神色喜怒难辨，口吻淡淡，"毕竟将他二人逼到现在这地步的，不正是您二人吗？"

赵老将军胡须抖了抖，一脸悔恨："这几日老臣一直在翻来覆去想从前的事情，其实老臣明白，那日那出戏也是为了我和茶丞相演绎的，只可惜，我一时冲动，一时冲动……"

景霄静静听着。

"是我错了。"赵老将军虎目含着泪，"是我太一意孤行，执着过往，且太过武断，不仅误会了茶丞相多年，更是连累了小辈们。其实他没错，错在我，是我纠结过去，是我一直认为他负了青莲。其实我在他们之间根本就是一个外人，根本不了解他们之间的感情。青莲选择他，是因为爱他，而我相信她不会选错人，错的是我，是我一意孤行地将所有的不满、所有的愤恨加注在他身上，以为这样自己会好受一点，其实这些年我们都不好过。"

"若再给您一次机会，您可愿意忘却前尘，同昔日的好兄弟握手言和？"景霄问。

一句好兄弟让赵老将军终于绷不住，失态地泪洒衣襟："如果他还肯原谅老臣的话。"

"我从来没有怪过你。"茶老丞相从屏风后走出，径直来到赵老将军面前，"这些年，我欠你一句道歉和解释。"

赵老将军愣了片刻，旋即颤抖地握住他的手。

"对不起。"赵老将军刚毅一生，奉行男儿有泪不轻弹，但此时此刻悔恨交加，他忍不住涕泪横流，"是我对不起你。"

"不，是我对不起你。"茶老丞相说，"当年我以为隐瞒一切对大家都好，但我忘记了，坦白才是最重要的。"他颤颤巍巍地从宽袖中掏出一枚玉佩，"你知道一直戴在赵易那孩子身上的玉佩是谁的吗？就是青莲的，她希望我们都好好的。"

赵老将军郑重其事地接过那枚玉佩。

陈公公抹了抹眼泪，景霄看向他，陈公公道："终于拨开云雾见天日了，只是，赵将军会带着茶郡主去哪儿呢？"

山林之中，惊鸟飞起，赵易带着茶朦朦一路奔逃。

他知道这只是一场假私奔，为的就是破釜沉舟，让两位老人正视眼前的问题。只是意外横生，两人在"私奔"的过程中，脱离了原来的计划，被一群黑衣人追捕围杀。

这群黑衣人不是山匪，更不是寻仇，他们有备而来，训练有素，更像是专门来杀赵易的。

赵易身手不凡，摘叶为器，茶朦朦也有些功夫，但寡不敌众，且他们步步为营，很快将二人包围，让他们逃脱不得。

平时云淡风轻的赵易变了脸色，收起惯常的谈笑，一双黑眸如浸了寒潭一般，冷而冰，一一扫过那群黑衣人。他并不怕这些人，却怕茶朦朦受伤。这些人不可能冲着她来，他现在唯一想的便是支开敌人。

显然，茶朦朦洞察了他的心意："你想自己引开敌人，你想都别想。赵易，我不是手无缚鸡之力的纤弱女子，我的功夫虽然不如你，

但也不会拉你后腿，还有……"

她看着他："明知道这些人是冲你而来，我怎么可能会丢下你。"

赵易微挑眉："你怎么知道他们是冲我而来？"

闻言，茶朦朦白了他一眼："因为我没上战场杀过敌人，也没树敌，而你是皇上的左膀右臂，如果在宫外解决你，等于砍掉皇上的一条手臂。"

"看来你和我在一起久了，也变得聪明了。"危急关头，他还有闲情逸致夸她。

茶朦朦嘴角微抽。

"不过……"赵易呵呵一笑，"你们凉国国主就派你们几个人来杀我吗？未免也太看不起我了吧。"

第九章

以身相许要不要

茶朦朦一方面觉得赵易口出狂言，一方面又觉得他有口出狂言的资格，不过那群黑衣人并不这么认为。

"我们杀你绰绰有余。"带头的一个黑衣人道，"只是可惜了你身边这个女子，要给你陪葬。"

赵易冷笑："那就试试看。"

赵易平时并不轻易动手，一旦动手，就不再是平日里谦谦君子的模样，仿佛换了一个人一般。茶朦朦看着和黑衣人缠斗在一起的赵易，突然明白了一件事。

赵易和她的打斗，不过是玩玩罢了。

看着一脸肃杀的赵易，茶朦朦也热血沸腾，刚抽飞近身偷袭她的一个黑衣人，想去帮赵易的忙，结果胸口一痛，"噗"地喷出一口血。

"朦朦。"赵易剑眉紧蹙，在他恍神的瞬间，带头的黑衣人一剑朝他胸口刺去，他眼疾手快地避开，没想到对方不过虚晃一招，反手狠狠一掌拍在他身上。

赵易被他击飞，停下站稳后，立即一脚踹开要袭击茶朦朦的黑衣人。

"他们刚刚下了毒。"茶朦朦恨恨地盯着那群逼近的黑衣人,"真是卑鄙。"

"是很卑鄙。"赵易紧紧握住她的手,双眸定定地看着她,"对不起,是我连累你了。"

"都什么时候了,你还在……"还未等茶朦朦说完,赵易猛地用力,将她甩了出去。

茶朦朦眼睁睁地看着赵易飞远的身影以及身后紧追不舍的黑衣人,一直压在喉咙的痒意险些喷涌而出。

还没等她起身,一双精致的靴子出现在她眼前,熟悉又吊儿郎当的声音从头顶传来:"看来咱们的茶郡主遇到麻烦了。"

茶朦朦猛地抬头,看清来人是景痕之后,也顾不得他们之间的恩恩怨怨,拉住他的衣摆恳求道:"求你帮帮赵易,有人要杀他。"

景痕垂眸看着她苍白的面色,眉头紧锁,嘴上依旧不饶人:"那真是太好了,这家伙把你抢走了,我原本还想教训教训他,没想到有人已经帮我做了。"

"你!"茶朦朦胸膛起伏了几下,放开他,摇摇摆摆地起身离开。

"你要去救他,凭你这路都走不稳的样子?"景痕挡在她面前。

"让开,不用你管。"她磨牙道。

"算了,看在你难得求我的分上,我就帮你一次。"景痕笑了笑,"何况,我如果救了自命不凡的赵大将军,将他的把柄捏在手里,

190

让他欠我一个人情,这么想想,这的确是一个好买卖。"

说罢,他足尖一点,转眼间便消失在茶朦朦面前。

赵易正在和黑衣人缠斗,他被对方拍了一掌,虽算不上重伤,可那毒药却是封经逆脉的,一旦他用内力,五脏六腑便如刀割一般疼痛。他也是强撑着一口气,只是不知道这口气能撑多久。

突然见一道红色身影飞来,等看清来人,赵易颇为惊讶:"是你,你怎么……朦朦呢?"

"放心,她很安全。"景痕啧啧感叹,"我还是第一次看到赵大将军如此狼狈,你真应该照照镜子。"

赵易忍住胸腔的痒意:"你不是他们的对手。"

"赵大将军,你太小瞧我了,我好歹也是从小练武,就算……"话还没说完,他便被一个黑衣人踢飞。眼见那黑衣人的长剑直戳他的心口,赵易无奈地叹了口气,转身帮他。

救人的反而被救,景痕面子挂不住,恨恨地打飞一个偷偷摸摸靠近他的黑衣人。

可经过那么一下,赵易经脉逆行,"噗"地喷出一口血。景痕被他喷了一身,也有些担心:"喂,你没事吧?"

"我没事。"赵易强颜欢笑。

"你都这鬼样子了还说没事,这些人到底是谁,为什么对你赶尽杀绝?"景痕不解。

"凉国人。"赵易道。

景痕愣了下，旋即明白："难怪他们要对你赶尽杀绝。"

黑衣人似乎已经厌烦了这种无休无止的缠斗，他们摆出一个阵形，决定速战速决。赵易记得那阵形，若是平日，他还能破解，可现在他身受重伤，外带一个三脚猫功夫的景痕，怎么都没有胜算。

就在这千钧一发之时，一个白衣男子出现，他话都没多说一句，三下五除二便解决了那群黑衣人。他的剑法出神入化，轻功让人捉摸不透。景痕瞪大双眸，一脸惊讶："这是你的朋友，他……是人吗？"

看着对方轻轻松松解决了那群黑衣人，景痕顿觉自己的功夫还真是小孩过家家。

"不是。"赵易回答。

闻言，景痕一脸紧张："他不是你的朋友为什么帮我们，难道……"他咽了咽口水，"也是想杀你的人？"

赵易点点头："有可能。"

景痕的面色瞬间变得苍白："如果是方才，我们还有一点生还的机会，可要是面对他，我们死定了。早知道就不逞强来救你了，我现在走还来得及吗？"

赵易嘴角微抽，这景痕怎么跟变了个人似的，平日里嚣张的模样去哪儿了，怎么被吓一吓就变成这副德行。

不过他没空去理会景痕，因为解决了那群黑衣人的白衣男子，已经提着剑，一步步朝他走来。

赵易拦在景痕面前，看到赵易的动作，景痕眸光一软，接着推开他："我堂堂一个大男人要你挡？"

"他们都死了。"白衣男子开口，声音低沉悦耳，并不如他的眼神那般冷酷肃杀。

景痕壮着胆子仔细看了眼对方的模样，才发现这功夫了得的男子也长得一副好相貌，甚至比他还俊美三分。他不由得有些嫉妒，长得比他好看就算了，功夫还比他了得。

最关键的是，男子周身萦绕着一种淡淡的气息，像一株干净的莲，又似第一滴露水，清冽干净，不含半点尘埃。

在他们紧张注视下，白衣男子再次开口："你们可以走了。"他从身上掏出一个小瓶，抛给赵易，"两个时辰服一次。"

说完，他转身离开，不过眨眼工夫便在他们面前消失。

景痕喃喃自语："高人啊高人。"

赵易却盯着白衣男子离开的方向发呆，他方才看了那么久，总觉得这位神秘的剑客长得很像一个人，像是……娄鸢鸢？

关于娄鸢鸢的哥哥，他倒是道听途说了一二。

听说娄太傅的孙子娄楚怀从小便被世外高人看中，带走教习武功，后来除了时常寄书信报平安，再没有回来过。

只是，这神秘的白衣剑客真是娄楚怀吗？

赵易猜得没错，白衣剑客确实是娄楚怀，他的确被世外高人看中，但并不是教他习武,而是为他治病。他从小便得了一种很奇怪的病症,时不时身体发冷发寒,严重时还会昏迷不醒。

娄楚怀的师父寻医问药多年,除了抑制他身上的冰寒之症,却无法替他根除。而他抑制冰寒之症时,最忌使用内力,一旦使用,冰寒之症即刻发作。

娄楚怀忍了许久,一直走到一处荒无人烟之地,还未歇口气,一群黑衣人便从天而降,将他团团围住。

为此,他只能强打精神,淡淡道:"你们还真是一群讨人厌的苍蝇,怎么赶都赶不走。"

带头的黑衣人冷笑:"只要你死了,你就永远清静了。"

"那要看你们有没有这本事,"娄楚怀提着一口气,举起长剑,如果细看,他的手在隐隐颤抖,"有没有这资格说大话。"

显然,带头的黑衣人发现了这一细节,呵呵一笑:"娄楚怀,不是我们非要杀你,而是你一直在挡我们的路。你既不是云兴国朝廷之人,为什么要替那狗皇帝卖命?"

黎语经过树林的时候,便看到这一幕。

一群黑衣人围着一个清隽的白衣男子,这显然是以多欺少。这里算是她的地盘,她不允许有人在她的地盘上打打杀杀,欺负弱小。

不过她一没功夫,二没有武器,如果想单枪匹马从一群一看就训练有素的黑衣人手里救下白衣男子,好像并不切实际。

黎语观察四周,很快计上心来,她一个人在郊外生活多时,早

已和山林里的小动物打成一片，尤其是这山里的猴子，一只赛一只的听话，一只赛一只的聪明。

她让猴子们在树上制造声响，飞来跳去，扰乱这群黑衣人的视线。当然，最适合赶走这群黑衣人的只有一种小家伙，那就是臭鼬。

平日里，黎语看到臭鼬也是能躲多远就躲多远，但现在事急从权，她也只能尽量屏气凝神，避免吸入太多臭鼬散发的味道。臭鼬是一种温和的小动物，平日里不会无缘无故袭击人，但如果它们认为自己受到威胁，那就不一样了。

一开始，黎语让猴子们制造声响和混乱，便是让这群黑衣人自乱阵脚，挥剑乱刺乱砍。一旦附近的臭鼬被他们吓到，便会群起而攻之。

果不其然，那群黑衣人刚挥剑乱刺，一群臭鼬便虎视眈眈地出现了。它们的绝招就是释放出奇臭无比的东西，这玩意如果击中人眼，那人便会暂时看不清一切。

为了防止被臭鼬误伤，黎语用布捂住自己的鼻子和嘴巴，眼疾手快地拉住白衣男子，顺便拿了一块白布捂在他嘴上。

娄楚怀没想到事情有了转机，这些黑衣人本来要杀他，结果被一群不知从哪里跑来的猴子和臭鼬扰乱了计划。

那群黑衣人有的被臭鼬臭得呕吐不止，有的被臭鼬释放出的东西击中眼睛，嗷嗷惨叫着倒在地上打滚……本来一群训练有素的黑衣人，现在像一盘散沙，甚至有的为了逃命，误刺了自己人。

"不想被臭死的话就跟我走。"黎语捂着口鼻,瓮声瓮气道。

娄楚怀看了一眼不远处混乱的景象,听话地跟着她离开这是非之地。

不知道走了多久,黎语终于停下来,深深地吐出一口浊气:"终于离开那鬼地方了,再待得久一点我就要被臭死了。我跟你说,要不是为了救你,我才不想和那群臭鼬打交道。这玩意出现一只已经不得了了,一群臭鼬同时出现那更是杀伤力十足。我真是同情那群黑衣人,不过他们以多欺少,也是活该……"

说了半天,见没人回应,她转身一看,见那白衣男子已经奄奄一息地躺在地上。

他不会被臭鼬活活臭死了吧?

一处山清水秀之地,立着一座精巧的茅草屋,茅草屋院前溪水潺潺,后面则是壮丽的高山,远处鸟鸣清脆,微风徐徐,好不自在。

此时,黎语蹲在溪边洗衣服。

她看不惯那人一身血衣,替他换下后才发现他身上并没有伤,血是别人的。

说来那白衣男子也是个奇怪的人,看上去一副世外高人的模样,却被一群黑衣人追杀,实际上是个名副其实的病秧子。与其说他是病秧子,还不如说他身患奇症,很是奇怪。

刚才她触碰他的时候,只觉得他好似一块极寒的冰块。她熬了

一些汤药给他泡了一个药浴，倒是有些效果。

她兀自想得入神，全然没注意身后传来的脚步声，或者说娄楚怀刻意放轻脚步声，就是为了一击必杀。

黎语正洗着衣服，冷不丁被人点了穴道，瞬间动弹不得。

虽然身体不能动，但她的嘴还能动："这位大哥，你就是这么对待救命恩人的吗？亏我还帮你洗衣服，你这么做，是不是可以称之为恩将仇报啊？"

娄楚怀的面色依旧苍白，精神却好了许多。他抿了抿唇，淡声道："我并不想伤害你。"

黎语哼了一声："那你解开我的穴道。"

"我只是想问你几个问题。"娄楚怀说道。

"你问。"黎语并不害怕，若是杀人如麻之人，身上自会有股狠厉且令人胆寒的气息，但他没有，或者说，他给人的感觉温润如玉，更像这溪边的风。

闻言，娄楚怀不禁多看了她几眼。

不久前发生的事情依旧历历在目，娄楚怀想到大敌当前她的淡定和沉稳，眼底多了几分欣赏。他的目光在她面上轻轻扫过，从她的黛眉落在她的凤眼上，再落在她殷红的唇瓣上。

黎语也大大方方由着他打量，等他看完了，她问了一句："怎么样，看够了吗？我是不着急了，只是你的衣服好像要漂走了。"

娄楚怀腾身而起，伸手一捞，将漂远的衣裳捡了回来。

"你可以放开我了吗？"她挑了挑眉，好整以暇地问。

娄楚怀垂眸，伸手解开她的穴道。

一得到自由，黎语抱怨地伸了伸细腰，哀怨道："以后别有事没事点别人穴道，一直保持一个姿势容易腿麻。"

"你是谁，为何救我？"娄楚怀问。

黎语把被风吹乱的头发往耳后别了别，不答反问："那你又是谁，为什么那些黑衣人会追杀你？"

娄楚怀沉默。

黎语摇摇头："你让我说名字，你自己却不报上大名，哪有这么不公平的事情。而且是我救了你，基于最基本的礼貌，我这个救命恩人应该有权知道……"

"我叫娄楚怀。"娄楚怀淡淡道，"你现在知道了。"

娄楚怀？

黎语一愣，旋即瞪大眼睛，仔细地打量他。细看之下，他的眉眼之间果然有几分像她的小徒弟。不过她也不敢肯定，只是对这个人莫名添了几分好感。身为一个男子，他的确长得英俊非凡，尤其他身上那股似有若无的淡雅气质，让人更是过目难忘。

黎语不否认，这是她在这儿见过的最好看的人了。

娄楚怀被她盯得有些不自在，垂下长睫，微微侧过身，淡声道："谢谢你的救命之恩，我欠你一条命，如果你有需要，吹响这轻哨，我便会赶来。"

黎语接过娄楚怀递过来的轻哨，目光落在他的手上。帮他脱衣服泡药浴的时候，她便发现他生了一双好手，手指修长秀美，根根如玉，很难想象这样的手居然会去握剑，她觉得这手更应该舞文弄墨，指点江山。

不过，他这模样也不赖，一身白衣翩然，面无表情站着的时候有一种冷漠的肃杀感。

"我走了。"娄楚怀转身离开。

黎语也没强留他，要留的人赶不走，要走的人留不住，或许某一日他们还会偶然相遇，随缘吧。

虽然，她有些舍不得他，毕竟长得如此秀色可餐的人并不多，能多看一眼是一眼吧。

娄楚怀走后没几日，黎语便遇到危机了。

她一人住在这山清水秀之地，平时很少与人接触，最多是山林中的小动物来家里讨杯水喝，或者强硬点的，像山上的野猪、狐狸等家伙，会惦记着她养的鸡鸭。

不过，这些都无伤大雅，自己一个人过得无聊了，她还能抓着它们排遣排遣寂寞。等它们不耐烦了，再放它们离开，免得它们怕了，下次再也不敢踏足了。

可是，一次性来一群来者不善的黑衣人，这情景便颇为诡异了。

黎语从山上回来的时候，看到的便是自己残破不堪的茅草屋，以及虎视眈眈的黑衣人。

她一个人独来独往，没得罪过别人，能闹出这么大动静，让这群黑衣人在此处等她，便只有一件事了，和娄楚怀有干系。

果然，带头的黑衣人冷声道："娄楚怀在哪里，把他交出来。"

黎语扫了一眼被毁坏的茅草屋、被弄乱的篱笆以及那些惨死的鸡鸭，怒气升腾。她辛辛苦苦养了这么久的鸡鸭，都还舍不得吃一口，结果他们倒好，先替她解决了。

黎语怒极反笑："你们私闯民宅，肆意破坏，为所欲为，也不怕天上降下一个雷，劈死你们。"

"少废话，把娄楚怀交出来，我兴许还能饶你一命，否则……"带头的黑衣人抽出长剑，"我手上的剑，可没长眼睛。"

黎语心里慌张，却不让自己露怯："你确定你杀得了我？"她呵呵一笑，"忘了告诉你，我天赋异禀，可以召唤山林中的动物。否则你以为那些臭鼬和猴子是谁招来的，如果你们不想被狼撕成碎片或者被猛虎咬掉脑袋的话，我劝你们早点离开，兴许还能捡回一条命。"

她说得煞有介事，那群黑衣人果然被她糊弄住了，有几个开始游移不定："老大，也许她真的能召唤这些山林猛兽。"

"怕什么。"带头的黑衣人斥道，"我们还怕那些畜生不成，何况她站了这么久，你见到什么山林猛兽出来了？"

黎语见谎言被拆穿，不动声色地往后退，可她才刚挪动脚步，

200

一把长剑径直插在她跟前。带头的黑衣人冷笑着上前,可惜他还未近身,一道劲风扫过,直接将其掀翻在地。

下一刻,一道翩然的身影落在黎语身前,一双黑眸淡淡地扫过那群黑衣人,伸手抽出扎在地上的长剑:"你们找的人是我,不是她。"

几乎没给黎语任何反应的机会,娄楚怀便与那群黑衣人缠斗在一起。她只感叹他身手利落,根本不像一个身患奇症之人。很快,那群黑衣人纷纷倒地,只有带头的黑衣人察觉不对,先跑为上,保命要紧。

见娄楚怀轻轻松松撂倒一群人,黎语不禁咋舌。

原来这家伙这么厉害啊。

不过娄楚怀并未赶尽杀绝,说实话他并不想杀生,只是那群黑衣人再无杀人的机会,手腕再也提不起剑罢了。

等那群人屁滚尿流地逃走,他才走到黎语面前,仔细地打量了她几眼,方道:"你没事吧?"

"我没事。"黎语道。

娄楚怀微微颔首,似乎已经习惯她的冷静了。看起来她也不是什么寻常女子,毕竟寻常女子不会一个人住在这荒郊野外,更不会在面对一群凶神恶煞、有备而来的黑衣人时,还面不改色地胡说八道。

在看到被弄得乱七八糟的茅草屋和院子时,娄楚怀眼底多了几分愧疚:"对不起,连累你了。"

"没事,没事。"黎语满不在乎地摆摆手,"救人一命胜造七级浮屠,何况这些只是身外之物,重新整理不就好了。恰好这些日子我也闲得慌,想重新改造改造住处。"

娄楚怀难得浅浅一笑:"你倒是活得通透。"

那抹笑如雨后的第一抹阳光,刹那间消除一切阴暗和晦涩,让黎语心中明媚起来。

原来,他是会笑的。

娄楚怀放下长剑,挽起袖子,自然而然道:"我帮你一起收拾吧,两个人快一些。"

"好啊。"黎语微微一笑,"求之不得。"

娄楚怀很少和女子接触,更未曾见一女子笑得如此心无城府。他顿了顿,淡淡道:"你不怕我是坏人吗?"

"你是吗?"她反问。

院子中的篱笆已经被那群无良的黑衣人弄得乱七八糟,死鸡死鸭横七竖八地躺着,黎语心疼不已,她养了好久啊,都还没舍得吃呢!

结果还没等她哀伤完,头顶传来娄楚怀的声音:"既然它们已经惨死,那挖个坑将其埋了吧。"

听说过安葬死鸡死鸭吗?反正她第一次做。看着用锄头认认真真挖坑的娄楚怀,黎语又好笑又好气,这到底是什么样的人啊,乍看以为无情无欲,相处起来却又觉得他单纯又直白。

真是一个奇怪的人。

一切被拾掇好已经是日落时分了。

忙了一天,两人又累又饿,黎语擦了擦汗问:"你想吃什么?"

娄楚怀也饥肠辘辘:"你这里有什么?"

"喏。"黎语指了指溪水,"如果你想吃鱼的话,我们现在就可以抓几条烤了吃。不远处有一个老伯种了许多地瓜,我们可以偷偷挖一些……"瞥见娄楚怀不予苟同的眼神,她轻咳一声,正色道,"当然,不问自取便是偷,我肯定会放银子的。"

娄楚怀从衣袖中掏出几块碎银子:"麻烦你了。"

"你不去?"黎语挑眉。

"偷东西的事情,你来就好。"娄楚怀一脸坦荡。

闻言,她嘴角抽了抽,拿着银子转身就走,心道:果然是个怪人。

当黎语抱着一兜地瓜回来的时候,她满心欢喜:"接下来一段时间,我不用去山间觅食了,这叫什么,因祸得福。"

娄楚怀羡慕她的乐观,他平时话很少,但不知为何,他却莫名喜欢与她说话,他情不自禁地问:"你平时都去山上找吃的吗?"

"是啊。"黎语点点头,"运气好的话,我还可以逮到一些山鸡、兔子之类的;运气不好,碰上豺狼或者虎、豹、野猪之类的,我跑都来不及。"

"你不是说你能召唤那些山林猛兽吗?"娄楚怀故意道。

她心虚地干咳一声:"那不是事急从权,没有办法的胡诌嘛。"

如果我有这等能力，那我还需要出去觅食吗？天天躺在床上等着它们给我上贡不就好了。"

娄楚怀忍俊不禁，轻轻笑起来。

"你又笑了。"黎语呵呵笑道，"其实你笑起来很好看。"

她一说，娄楚怀又收敛了笑意，恢复那副淡然无波、遗世独立的模样。

"你身上的病症是怎么回事？"黎语问。

此时，两人已经生了火，在黎语去拿银子换地瓜的时候，娄楚怀去溪边插了几条鱼。两人一边烤鱼，一边有一搭没一搭地聊天。虽然大部分都是黎语在说话，但她知道，他在认真倾听，并没有半分不耐烦。

一个人待久了，总会有些寂寞，她真不是话痨的人，只是好久没和人说话了而已。

说到自己的病症，娄楚怀沉默须臾，而后淡淡道："我也并不清楚，我从小便有，家人为我寻遍名医也无济于事。后来我师父带我离开，他虽能抑制我身上的寒体之症，却不能根治。"

"那天你被那群黑衣人包围的时候，是不是在犯病？"黎语问。

娄楚怀点点头："是。"

"那你这病会在什么情况下发作？"她又问道。

可惜这次娄楚怀不再回答黎语的问题，而是专心致志地翻转着烤鱼。火光映照着他清隽的侧脸，镀上一层暖光，头顶是清冷的月光，

透过树梢斑驳地落下,像碎银一般洋洋洒洒地落在他身上。

他一半身影隐藏在阴影中,一半身影被火光照亮。

她张了张唇,本想问娄楚怀与她的小徒弟娄鸾鸾是不是亲兄妹,但问了又如何,难道他会因为这层关系对她更和颜悦色一些吗?

两人就着夜色吃完了烤鱼和烤地瓜。

吃完后,黎语便不想动了,靠着树干,仰头看着朦胧的月儿,看着偶尔被风惊醒的鸟儿急匆匆地掠过树梢。她轻声道:"有时候我挺羡慕鸟儿的,想去哪儿就去哪儿。"

"它们也会遇上猎人。"娄楚怀淡淡道,"它们的自由自在是用命换来的。"

黎语张了张唇,最后也没有说话。

最终,她不知不觉睡着,迷迷糊糊中,有人近身,她猛地睁开眼睛,便看到娄楚怀漆黑的双眸。

他说:"你就不怕我对你做什么吗,就这么睡着了?"

"怕什么。"黎语打了个哈欠,"如果你想做什么,我一个弱女子想反抗都反抗不了,相反,我相信你不会恩将仇报。"

"你回屋去睡吧,我先走了。"他顿了顿又道,"不过,我还是希望你暂时换个地方住,我不能一直留在附近,我还有事要做。"

黎语绽出一抹笑意,眼底的睡意全消:"所以你之前根本没走,一直守在附近,就是因为担心我?"

他不说话,但沉默便是默认。

"我走了。"他起身。

"你确定你要现在走,这里漆黑一片,你好歹等天亮了再走。"她也跟着站了起来,下意识挽留他。

娄楚怀拒绝:"不了。"

还未等黎语说话,娄楚怀胸口猛地一窒,面色瞬间变得苍白,她想也未想地扶住他:"你还好吧?"

他一句"我没事"还来不及说出口,眼前一黑,便晕了过去。

再次醒来的时候,娄楚怀发现自己寸缕不着地躺在浴桶里。这里除了黎语,别无他人,想到她一个未出阁的女子将他的衣服剥光,素来冷静淡然的娄楚怀难得慌乱、羞恼和懊恼。

就在此时,木门被人"嘎吱"一声推开,黎语提着一桶热水进来,见娄楚怀醒来了,松了口气:"你终于醒了。"

娄楚怀绷着脸不说话,尽量将自己缩在水中,素来淡然无波的俊颜,此时飞上几朵晚霞,连带着染红了耳畔。他沉默地看着她。

被他那无辜且控诉的目光看着,黎语心中了然,好笑道:"我都不害羞,你一个大男人害什么羞。"

娄楚怀难得结巴:"这成何……成何体统,你我男未婚,女未嫁……"

黎语耸了耸肩,无所谓道:"我不在乎,何况我又不是第一次脱你衣服了。"

虽然她说得有理有据,但上一次他醒来的时候,她并没有在身

旁,为此他羞恼过后便是淡定,而现在他无法淡定了。

"你一个女子不怕被人说闲话吗?"他无话可说,磕磕绊绊才吐出这么一句话。

"怕什么。"黎语一脸潇洒,"人是活给自己看的,又不是活给别人看的,何况我独来独往,除了我的小徒弟,在这陌生之地再不认识第二个人,所以,我为何要担心别人的闲言碎语?"

何况,根本没有人会对她说一些闲言碎语。

黎语不过轻描淡写的几句话,便让娄楚怀联想到许多,他有家有父母,也有最疼爱的妹妹,但他不得已离家万里,而她话里强装的淡然告诉他,她什么都没有。

"所以,你别担心这些乱七八糟的,因为根本没人认识我们,你就放心地在这里养伤。我一个人无聊的时候,也研究过一些药材,虽然这药浴不能根治你的奇寒之症,但至少能缓解一下,让你不至于那么痛苦。"

她是好心的,而他却三番五次地置疑她、误解她,甚至让她身陷囹圄……思及此,娄楚怀心中满是愧疚:"对不起。"

"没事。"她笑了笑,"反正我也没有损失,你在这里也可以陪我说说话,我一个人都快闷死了。"

"我……不怎么会说话。"娄楚怀轻咳一声。

黎语最喜欢看他害羞的模样,看他冷若冰霜,一副拒人于千里之外的模样,实际上说不了三句话便害羞。她见过不少男子,但像他这样的却是少之又少。

神秘、冷漠、单纯、直白却又善良，像在阳光下，又似藏在阴暗中。

这药浴有助眠的功效，娄楚怀收拾完后，没多久便沉沉睡去。

就这样，娄楚怀暂时在此处住了下来，他本打算待几日便走，但黎语总是有各种各样的理由挽留他，今日让他捉一只野兔，捉了后，又恳请他留下一起吃饭，或者修个屋顶，挖个水渠……

总之，在她的"恳求"下，他已经将茅草屋里里外外都翻新了一遍，他眯着眼四下看了看，想来是时候离开了。

从市集回来，黎语打量着手中的男子衣裳。这件男子衣裳式样简单，穿在娄楚怀身上再合适不过。黎语难得一边哼着自编的小曲，一边回家。

还未到家门口，黎语已经叫开了："娄楚怀，你快出来，看我给你买了什么……娄楚怀？"

平日里，她只要轻轻唤他一声，以他的千里耳，早就听到她的呼唤，眨眼间便出现在她眼前。

黎语敛了嘴角的笑意，紧张地推开门，待看到桌上的信封，心中松了口气的同时，又涌上一股难以名状的失落感。

明知道样不可能一直待在这里，但他离开得那么决绝和突然，还是让她着实难过了一番。

黎语放下手里的东西，打开信封，信纸上不过寥寥几笔：多谢照顾，望自珍重，有缘再见。

有缘再见？黎语小心翼翼地合上信，她这人最不相信缘分了。

不过奇怪的是，自娄楚怀离开后，再也没有奇奇怪怪的黑衣人找她麻烦，她又恢复了清静的生活，每天日出而作，日落而息。娄楚怀在院子后面开辟了一方地，种了地瓜。他以为她爱吃烤地瓜，与其去买，还不如自给自足。

黎语没种过这些，每天都小心翼翼地侍弄着，生怕它们无法存活长高，辜负了他的一番心意。

直到有一天，黎语一早醒来，看到翠绿的嫩叶迎风微微颤抖，她愣了下，旋即笑开，笑着笑着，眼泪慢慢地落了下来。

人在尝过温暖和热闹过后，就不再想回到孤单和寂寞的生活了。

她承认，她想他了。

黎语回到屋子，从枕头底下翻出那封信，那封信被她压得平平整整，但因为被磨搓过无数次，纸张微亮。她看着上方苍劲有力的"有缘再见"四个字，突然下了决心。

既然想他，那么她何不去找他。

"娄楚怀,你究竟在哪里?你难道不要阿爹阿娘,也不要我这个妹妹了吗?"娄鸾鸾坐在窗边,目光落在手上的那幅画上。画中的男子英俊潇洒,遗世独立,面无表情地看着远方。

那人不是别人,正是娄楚怀,也就是娄鸾鸾唯一的同胞哥哥。

自那日老态龙钟的赵老将军亲自出去寻赵易和茶朦朦,二人回来后,诉说了前因后果。他们说,是一个白衣翩翩的男子救了他们,而那人来无影去无踪,什么都未曾留下。

好在混入他们中的景痕虽然不学无术,但过目不忘,且画得一手好画。待他画出那人的时候,娄鸾鸾便知这就是自己的哥哥娄楚怀。

在她离他最近的时候,他却又消失无踪了。

"你还在想你的大哥吗?"身后,独属于景霄的声音缓缓响起。

娄鸾鸾转身,放好画,正要请安,他免了,自然而然地坐在她身边,看着案几上的画,安慰道:"他会回来看你的。"

"真的会吗?"她的眸中充满忐忑和不安,"他会没事吗?"

"他会的。"景霄笃定道。

娄鸳鸳苦笑，摇摇头："您不知道，我这大哥从小就一副倔脾气，小时候明明是我犯了错，他为了不让我受罚，替我背黑锅，被爷爷拿鞭子抽也一声不吭，活像一根木头。"

景霄没有插话，静静地听她诉说。

"后来哥哥不知道得了什么奇症，经常莫名其妙晕倒，浑身冰冷。一次我瞒着大家，偷偷跑去看他，触碰他的时候，我吓了一跳，他浑身冷得像寒冰，还在瑟瑟发抖，嘴唇泛白。"

关于娄太傅的孙子，其实景霄听过一些关于他的事，只知道他是一个聪明的少年，以娄太傅的家风培养，将来他定是一个治国良才。只是天意弄人，他年纪轻轻却得了怪病。

娄鸳鸳垂下眼睫，轻声道："我阿爹整天叹气，我阿娘整日以泪洗面，我每天守在大哥房间门口，希望他能好起来，能笑着对我说'鸳鸳，我带你去玩'。

"可是再也没有出现这样的情景了，他一个人躺在房中，忍受着病症的折磨，可我们都束手无策。

"后来，一个仙风道骨的老人来到我们家，声称会治好我大哥的病。阿爹阿娘无计可施之下，唯有将大哥交给他。"

一滴泪落下，景霄心头一紧，却听到她低声道："知道他现在还好好的，我就放心了。"

感觉肩膀一沉，娄鸳鸳诧异地抬头，景霄抿着唇，一只手轻轻地落在她的肩上，他轻声却坚定道："我相信他也无时无刻不想你，等找到一个合适的时机,他会回来看你,你们一家终会团聚。"

"嗯。"娄鸢鸢点点头,伸手想去拭泪,一只大手先她一步,轻轻地抚上她的面庞。

娄鸢鸢轻颤了下,却没有躲开。景霄眼底缀满怜惜和心疼,伸手轻轻拭去她脸上的泪痕。她一动不动地睁着眼睛,静静地看着近在咫尺的清隽面庞。

她发现,不知道从什么时候开始,她已经不排斥景霄的触碰了。

或者说,她从未排斥过,只是她的心境变化了,从最开始的害怕他、敬畏他、躲着他到不自觉想靠近他,与他说话,把他当成一个知心的朋友,而不是皇上。

"晚上早点睡,你别想太多。"景霄顿了顿,起身,哑声道,"我先走了。"

他转身欲离开,娄鸢鸢清洌的声音响起:"皇上……"

"嗯?"他快速回头,眼底藏着几分期待和忐忑。

"天色黑,不久前还下过雨,您回去路上小心点。"她一字一句道。

闻言,景霄愣了下,旋即满足一笑,轻轻颔首:"好。对了,一个月后赵易和茶朦朦大婚,他们想好好感谢你,并且希望我们一同出席他们的大婚。"

"我可以去吗?"娄鸢鸢眸光微亮。

"当然可以。"他笑道。

"嗯。"娄鸾鸾展颜一笑,"他们有情人终成眷属,我们肯定要去见证的。"

景霄微愣,旋即心底如浸了蜜糖一般甜,她说的不是我和你,而是我们,无形中,他们的距离已经悄然拉近了。

一个月后,赵易和茶朦朦大婚,因茶家和赵家都是大家族,且茶老丞相和赵老将军都是朝中德高望重的股肱之臣,那天,朝中所有的大臣几乎都来了。为了低调,景霄和娄鸾鸾特意一身普通打扮,没讲究那些劳什子的排场,只是混于其中。大臣们心知肚明,只能装聋作哑。

宴席的时候,景霄坐在上座,赵老将军亲自陪同,赵易也坐在一旁。作为新郎官的他,今日春风满面,看上去俊逸非常。

赵易端起酒杯,郑重其事地对景霄道:"如果不是您,我和朦朦也不能在一起,您的恩情我一辈子记在心中。还有晨妃娘娘,也谢谢您,是您解开了两家的恩怨。以后您有任何吩咐,我赵某赴汤蹈火,在所不辞。"

景霄虽然说过,今天这里没有皇上,但听赵易这么说,还是略微吃味:"为何对我的所作所为就是铭记于心,对她就是肝脑涂地。"

赵易笑道:"因为晨妃娘娘的哥哥救了我和宣王一命,也救了我和朦朦的一生,所以我们欠娄大哥一条命。只是他太过神出鬼没,我只好将这份恩情先压在娘娘身上了。"

214

娄鸾鸾举杯,一副捡了便宜的爽快模样:"好说好说。"

赵易一口仰尽杯中的酒,娄鸾鸾有样学样,正要喝下,被景霄拦住了。她不解地看着景霄,后者抿了抿唇:"别喝太多,你酒量浅。"

"好。"她听话地点点头,歪着头比了个手势,"就喝一点点。"

今日为了喜庆,娄鸾鸾穿了一身红裙,发髻上缀着同款式的珠花,在月色和红灯笼的映照下,她美得不可思议,如山间耀眼的山茶花,在阳光下闪动着最灵动的光芒。

景霄不知不觉中看痴了。

酒过三巡,宾客都有些微醺,景霄虽没醉,主要是除了赵易,没人敢上来敬他酒。而娄鸾鸾却不一样了,许是高兴,许是心中有事,她不知不觉喝多了,俏脸上染了胭脂一般,眼神迷蒙无比。

景霄将她带回宫。

她喝醉酒倒也乖巧,只是走路有些不稳,走三步停两步,还蹲在地上,美其名曰头晕想缓一缓。景霄看着她蹲在地上当蘑菇,好笑之余说道:"我有个办法,这样你就不头晕了。"

"什么……办法?"娄鸾鸾抬头,一脸无辜地看着他。

"我背你。"他说完,自动蹲下,堂堂帝王从未为任何人纡尊降贵过,但为了她,他甘愿做个普通人。

娄鸾鸾虽然喝醉了,但并不是傻了。这可是天子的龙背,她哪能随便趴。见她犹豫,景霄催促道:"快些,我腿快蹲麻了。"

犹豫再三，娄鸢鸢还是战战兢兢地爬上他的背。景霄稳稳地扶住她，轻轻松松地起身，嘴上却不饶人："真重。"

娄鸢鸢一脸懊恼："我最近是吃得有点多。"

景霄忙改口："其实……也不是那么重。"

一路上，景霄背着娄鸢鸢慢慢走，踏着月色，穿过晚风，走过黑夜，他一步步踏在地上，走得又稳又平缓。娄鸢鸢的醉意被夜风吹散了许多，她看着地上月光拉长的他的身影，两人的影子叠在一起，像极了耳鬓厮磨。

想到这里，她面上褪去的红晕又飞了回来。

晨曦宫中，李友病和宝儿看到景霄背着娄鸢鸢回来，惊讶之余又觉得在意料之内。毕竟皇上喜欢他们家娘娘这件事，全皇宫的人几乎都知道，也就他们家娘娘当局者迷了。

不过皇上也是痴情，虽从未对他们家娘娘表明心意，但他的所作所为，大家都看在眼里。一个男子只有对一个女子爱到刻骨铭心，才会时时将她放在心尖上。

"皇上……"李友病迎了上去。

"嘘！"景霄压低声音道，"她睡着了，别把她吵醒，去烧点热水过来。"

"是。"宝儿拉着李友病，忙不迭下去。

景霄将娄鸢鸢背到寝殿，小心翼翼地将她放下。她睡得很熟，沾了枕头便安安静静地蜷缩成一团，像一只猫儿。

景霄坐在软榻旁,替娄鸾鸾盖好被子。宝儿进来的时候,便看到他们的皇上轻柔地拂开落在娄鸾鸾唇边的发丝,一双黑眸浸满了温柔和爱怜。

宝儿偷偷笑了笑,端着水盆走上前。

翌日一早,娄鸾鸾从睡梦中醒来。因喝酒的缘故,她宿醉未消,头隐隐作痛,开口说话的声音也略微沙哑:"宝儿,现在是什么时辰了?"

宝儿就在外面候着,一听到娄鸾鸾唤自己,立马端着醒酒茶和茶水进来:"娘娘,您醒了,头疼吗?"

娄鸾鸾点了点头:"昨晚我是怎么回来的?"

"您忘了吗?是皇上送您回来的。"宝儿将昨晚的所见所闻描述得十分详细。

在她的描述下,娄鸾鸾依稀记起昨晚发生的事情。

"娘娘,皇上待您真的好。"宝儿温声道,"除了家人,就数皇上对您最好了。"

娄鸾鸾笑着拉住她的手:"宝儿,你对我也很好。"

"娘娘,我对您的好,和皇上对您的好是不一样的。"平日里,虽然宝儿都是嘻嘻哈哈的,但她并不蠢钝,只是用平常心看待很多事。即便在这深宫中,她也只一心一意地对她的娘娘好,至于其他,她一概不在乎。

"皇上才是一辈子陪您的人。"宝儿说道。

娄鸾鸾笑了笑，并没有说话，只是拿过一旁的醒酒茶，痛快地一饮而尽。

赵易和茶朦朦大婚后，告假了半个月，说要带着茶朦朦四处走走。

看在赵易常年征战沙场，无眠无休的份上，景霄便同意了。

茶家和赵家的喜事还没过去多久，太皇太后却病了。

许是天气转凉，太皇太后年纪大了，身子骨不若从前，染了风寒，这病时断时续，时好时坏，可急坏了宫中众人。

去看太皇太后的嫔妃和皇亲贵族一拨接一拨，但太皇太后在病中，并不想见任何人，这让本想去看她的娄鸾鸾踌躇不前。

扪心自问，太皇太后对她极好。身为云兴国最尊贵的女人，太皇太后看尽风云诡谲，已经恢复平静淡然，又因为常年吃斋，慈祥且温和。在这宫中，除了景霄，她最喜欢的人便是太皇太后。

因为太皇太后让她想到了爷爷、阿爹、阿娘、哥哥。

无巧不成书，景霄来了晨曦宫，邀她一起去永和宫探望太皇太后，有他坐镇，皇祖母一定会见娄鸾鸾。两人来到永和宫外，嬷嬷一见是他们二人，甚至都没告知太皇太后便让他们进去。

永和宫寝殿弥漫着淡淡的檀香和药香，听到脚步声，太皇太后睁开凤眸，轻声道："皇帝来了啊。"

"皇祖母身体好些了吗？今日孙儿问过周御医，他说您又不肯吃药。"景霄关心道。

太皇太后皱了皱眉，像个孩子一般："那药太苦，苦得哀家

舌头发麻，何况吃了药也是如此，哀家不想吃。"太皇太后从软榻上起身。

景霄忙小心翼翼地扶着她，娄鸾鸾替她将薄毯盖在身上。

看着他们配合默契的模样，太皇太后十分欣慰，笑着拍了拍娄鸾鸾的手，慈祥道："都坐到哀家身边来。"

"人老了，毛病也多了，哀家不比从前了，倒是晨妃瘦了不少。"太皇太后关心道。她是真心喜欢娄鸾鸾，这孩子聪慧，进退有度，文文静静，十分乖巧可人。

"皇祖母您还年轻。"娄鸾鸾还要说话，突然一阵恶心，她猛地捂住嘴，飞奔到角落干呕。

景霄和太皇太后面面相觑。须臾，太皇太后惊喜不已地看着景霄："皇帝，晨妃莫不是……"

"应该不……"景霄正欲解释，娄鸾鸾已经不好意思地上前请罪："是臣妾失仪了。"

"快起，快起。"太皇太后忙不迭掀开毛毯，亲自扶她起身，仔细地打量了她一番，又仔细问道，"近日你胃口如何，是不是不太好？"

娄鸾鸾仔细思虑一番，诚实地点了点头。

"那……月事可来了？"太皇太后在娄鸾鸾耳边压低声音问她，可语气已然兴奋起来，她似乎看到未来的皇曾孙在朝自己招手了。

闻言，娄鸾鸾面色绯红，小声回答："还、还未来。"

"近日你睡得如何？"太皇太后继续问。

"有些难以入眠，睡不安稳。"

太皇太后紧紧地握住娄鸾鸾的手，激动之情溢于言表："好，非常好，皇帝，待会儿回去召一个稳妥的御医给鸾鸾瞧瞧，你先回去休息。"

娄鸾鸾一头雾水，她没病为什么要召御医？

娄鸾鸾正欲说话，景霄及时制止她："皇祖母说的是，那孙儿和鸾鸾便先行告退，您好好歇息。"

"去吧。"太皇太后含笑看着他们。

景霄拉着娄鸾鸾离开永和宫，行至无人处，他突然停下，将娄鸾鸾拉到角落，一副欲言又止的模样。

头顶曦光微落，光芒摇曳中，景霄的眉眼如玉般耀眼。娄鸾鸾不经意间抬头，便看到他如玉的面庞。

娄鸾鸾轻咳一声道："您刚才为什么打断我的话？"

景霄认真地看着她，轻笑一声："因为皇祖母以为你身怀龙裔了。"

"什么？"娄鸾鸾大惊失色，她低头看了一眼自己平坦的腹部，一张脸涨得通红，一副又羞又恼的模样。

"你我并未行周公之礼，所以你的肚子里不可能会有孩子。"景霄接话道。

没想到他如此直白，娄鸾鸾低着头一声不吭。

见她如此害羞，景霄也不愿过分打趣她，只是道："我想与你商量一件事。"

"什么事？"她不解。

"回去再说。"景霄拉着娄鸾鸾的手朝含凉殿而去。

到了含凉殿，景霄命所有人退下，只留了娄鸾鸾在殿中。见他如此郑重其事，娄鸾鸾越发好奇，不知他葫芦里卖的到底是什么药。

景霄走近她，意味深长地凝视了她片刻，沉声道："鸾鸾，我要你假装有孕。"

不过吃惊片刻，娄鸾鸾便镇定下来："您让我假孕，是想让皇祖母开心吗？"

景霄轻叹口气："每年这个时候，皇祖母总会如此。"

"为何？"娄鸾鸾脱口而出，随后便觉不妥，这可是皇祖母的私事，她一个嫔妃哪有权力询问。

景霄却并未瞒着她："我也不清楚，但我隐约知道皇祖母心中有事。"

娄鸾鸾说道："师父说过，郁结在心，伤于其身，心中若是郁结不散，就像人受伤后体内的瘀血和烂肉没有清干净，久而久之就会腐烂，若不及时清除治疗便会伤到根本。"

景霄温柔地看着她："所以我想让皇祖母开心一些，即便暂时不能治本，也能让她纾解纾解心情，只是你要暂时委屈你一些时日了。"

"可是纸包不住火,何况太皇太后现在虽然高兴,但如果她知道真相岂不是更加失望?"娄鸾鸾说。

见她还有疑虑,景霄保证道:"放心,如果最后被发现了,所有责任全在我。"

有了景霄的保证,娄鸾鸾便放心地奉命假孕。

她之所以答应景霄假孕,首先的确想讨太皇太后开心,太皇太后对她很好,她也不希望太皇太后整日郁郁寡欢;其次,她也想为太皇太后开解一下心事。

景霄请来许御医,暗示一番后,许御医心中明了。

翌日太皇太后便召见许御医问个清楚,许御医昧着良心告诉太皇太后娄鸾鸾"有孕"。太皇太后一高兴,赏了他一大颗珍珠。

许御医提着药箱故作淡定地离开永和宫,到了外头,抬头看了看明晃晃的阳光,捋袖擦了擦冷汗。他做御医多年,还是第一次奉命说谎。

皇上便是皇上,此等心思不是他一个小小的御医能明了的。罢了,即便东窗事发,他应该也会无事吧,毕竟他也是"被迫"的呀。

另一端,太皇太后知道娄鸾鸾身怀龙裔,欣喜非常,一扫之前的颓废之气,整个人变得更有精神起来,御医开的药她也十分痛快地喝下。几日后,太皇太后身体好转一些,便亲自来晨曦宫看娄鸾鸾。

此时,娄鸾鸾正被迫躺在床上,接受太皇太后的关心。

面对太皇太后的热情,她只能一边默默检讨自己说谎,一边对

222

答如流。好在太皇太后并未久待，说了些体己话，交代她好好休养身体便离开了。

太皇太后一走，娄鸳鸳长舒一口气，掀开被子起身。一旁的宝儿看着太皇太后赏赐的金钗珍玩，一脸欣慰："娘娘，太皇太后待您真好。"

李友病在旁边默默道："现在娘娘身怀龙裔，太皇太后对娘娘只怕是含在嘴里怕化了，捧在手心怕摔了，若知道娘娘是在欺骗她……"他欲言又止。

闻言，宝儿也后知后觉道："对啊娘娘，您假孕这件事，如果被太皇太后知道了……会不会把您……"她比了比脖子。

娄鸳鸳抖了抖，顺便活动了下脖子，无奈道："皇上说，天塌下来他顶着，想来我们的良苦用心，太皇太后不会看不见吧。"

娄鸳鸳假孕的事情只有景霄、许御医、宝儿、李友病知晓。

可因为娄鸳鸳"刻意隐瞒"，丁嫔等人以为她真怀孕，得知消息后便提着大包小包过来恭贺她。

丁嫔将自己珍藏的牛肉干送给娄鸳鸳，送的时候万般不舍，眼含泪花，看得娄鸳鸳以为自己抢了她的孩子。许嫔心灵手巧，送了一整套婴儿衣裳、帽子、小鞋子。看着小巧精致的小衣裳，文妃母性泛滥，直呼可爱。文妃送了她一套话本，让她无聊之时消遣时光。

面对姐妹们推心置腹的关心，娄鸳鸳十分惭愧，可她只能在心里默默地向她们道歉。

丁嫔自进门起便一直看着娄鸾鸾的腹部,按照许御医的说辞,她不过怀孕三月,腹部尚未隆起,也看不出异样,这样也不容易被人拆穿。

"姐姐,你这肚子里头真的有小娃娃吗?"丁嫔好奇地询问。

娄鸾鸾轻咳一声,脸颊染上绯红。

文妃和许嫔捂着嘴偷偷笑。

文妃、许嫔几人并未久待,眼见暮色四合便结伴离开。宝儿等她们一走,忙拍着胸脯道:"娘娘,你这假怀孕弄得和真怀孕一般。"

娄鸾鸾一脸苦大仇深,开始她并未觉得怎样,现如今她也有些骑虎难下,一个谎言便要用无数谎言来圆,此话并不假。

"聊了这么久,娘娘渴了吧,我去倒杯水给您喝。"宝儿体贴地离开。

因娄鸾鸾"怀孕"的关系,太皇太后身体明显好转许多,日日往晨曦宫送补药和珍稀宝物,甚至还亲手绣了一个荷包给未来的皇曾孙。

面对太皇太后的殷切期盼,娄鸾鸾愧疚难当。她懂得那种满怀希望最后却落空的感受,几次三番想要实话实说,却又怕太皇太后接受不了打击。

一日,太皇太后又差人送了吃食过来,正巧景霄也在晨曦宫。

眼见她要去喝那汤,景霄黑眸一沉,眉峰隆起,伸手夺过她手中的汤药:"别碰。"

"皇上?"娄鸾鸾不解。

"这汤有些不对劲。"景霄拿起汤,将其倒进盆栽中,片刻后,盆栽里的土便冒了气泡,本来翠绿欲滴的盆栽顷刻间枯萎。

娄鸾鸾大惊失色。

看着枯萎的盆栽,娄鸾鸾心有余悸。如果她刚刚喝了这碗汤,轻则肠穿肚烂,重则一命呜呼。太皇太后不可能会害她,那这汤究竟是怎么回事?

"叫李友病过来。"景霄面色冷厉,眼神森寒。

娄鸾鸾忙叫宝儿去唤他。

不久后,李友病五体投地地跪在景霄面前。景霄居高临下地看着他,眸光如寒霜般:"说,方才你是不是动过食盒?"

"奴才没有。"李友病忙表忠心,"奴才万万不会加害娘娘。"

看李友病吓得面色发白,娄鸾鸾不禁为李友病说话:"皇上,李友病对我尽心尽责,绝对不会做加害我的事。"

"皇上……"李友病指天保证,"若奴才有一星半点背叛娘娘的心,便让奴才不得好死。"

宝儿也跪下来替李友病说话:"李公公平时虽然嘴碎了点,但他的确不是这样的人,还请皇上明察。"

景霄静静地看着他们,面上辨不出喜怒。

"看不出你们这般主仆情深。"景霄问,"李友病,在你拿食盒之前,有人动过这食盒吗?"

李友病仔细回忆一下,摇头:"没有。"

宝儿生怕他被怀疑,急忙道:"你别那么快回答,再仔细想想。"

李友病一脸苦大仇深:"奴才是从太皇太后身边的李嬷嬷手中接过食盒的,拿了食盒后奴才便一路回了晨曦宫,途中并未遇到任何人。"

景霄与娄鸾鸾对视一眼,景霄道:"你们先下去吧。"

宝儿和李友病恭恭敬敬且战战兢兢地退下。

"皇上……"娄鸾鸾再三替李友病证明,"绝对不是李友病,他的忠心我是知道的。"

"我知道。"景霄眸中闪着寒光,"我会查清楚这一切。"

此事除了李友病和宝儿,其他人并不知道。景霄命令他们二人缄默,不可泄露半分消息,否则绝不轻饶。自这件事发生之后,景霄日日来晨曦宫,娄鸾鸾所吃所用,皆需经过仔细检查,方可触碰。

娄鸾鸾觉得,自己这次"怀孕"可真是多灾多难。

有一回,娄鸾鸾看完文妃新写的书,恰好李友病和宝儿都不在,她一人闲着无聊,正想去青玉宫找文妃,结果刚走出晨曦宫,突然一道寒光逼近。等她反应过来,便看到一把寒光闪闪的匕首抵在了自己脖子上。

面对突如其来的变故,娄鸾鸾反倒没有想象中的惊恐:"你冷静一点。"

"闭嘴。"那人压低声音道,"跟我走,若你敢喊叫,我便杀了你。"

"好,我不动。"娄鸳鸳跟随她的步伐走。

那人挟持着娄鸳鸳到了一个隐蔽处,随后便有御林军追来:"给我到处搜。"

闻言,挟持她的人越发紧张。

那是一只属于女子的手,娄鸳鸳虽然看不到对方的模样,但方才她听到了对方的声音……

"你是雀儿,对吗?"娄鸳鸳说道。

雀儿是徐贵妃的贴身宫女,徐贵妃好歹是将才之后,肯定不会做通敌叛国之事,或许是这位"雀儿"一直隐姓埋名藏在徐贵妃身边,等某日时机成熟,伺机而动。

可是,皇宫内院层层守卫,刺客是怎么顺利进了宫,还能成为徐贵妃身边的贴身宫女?如果没有人从中搭线,她想进宫无疑难于上青天吧。

"呵,什么雀儿,我叫菱悦。"那女子冷笑,"雀儿不过是我的化名,只可惜我的计划失败了。"

"原来是你。"娄鸳鸳顿悟,"你就是凉国的细作。那碗汤药,还有之前在邙玉池刺杀皇上的事情,都是你做的,对吧?"

"是我。"菱悦冷笑,"我千辛万苦隐姓埋名混入云兴国,又千方百计来到宫中,为的便是取了景霄的狗命。"

狗命？

娄鸾鸾嘴角抽搐，但依旧淡定："你杀了他又有什么用，云兴国依旧比你们凉国强大。我听说你们凉国国主暴怒无道，奢侈无比，你们凉国百姓怨声载道，我还听说……"

"你给我闭嘴！"菱悦恨恨道，"反正现在我抓了你，那狗皇帝不是很在乎你吗？看看他愿不愿意为了你做一些他不会做的事情。"

能不能不要一口一个"狗皇帝"，娄鸾鸾心中不忿，却只能按捺住："凭你一己之力如何杀得了皇上，既然你已经忍辱负重多时，今日又为何暴露身份？"

这凉国细作能藏在徐贵妃身边多时不被察觉，已是她的厉害之处了。

"因为狗皇帝已经查到我身上了。"菱悦咬牙切齿道，"大不了鱼死网破。"

突然，外头传来景霄沉冷肃杀的声音："朕给你最后一个机会，出来。"

菱悦冷笑一声，挟持着娄鸾鸾出现在众人面前。

看到娄鸾鸾的那一刻，景霄面色冷厉，周身笼罩着肃杀的气息，他不言不语，连娄鸾鸾都看出他满身的杀气。

此时的景霄像一只被惹怒的野虎，似乎随时要将猎物撕成碎片。

娄鸾鸾咽了咽口水，她还未来得及说话，身旁的菱悦已开口了：

228

"你若敢上前一步，我便让你最心爱的女人死在你面前。"

菱悦这话让周围严阵以待的御林军俱是心中一震，纷纷开始思量如何救下娄鸾鸾。

景霄负手而立，哪怕是危急时刻，他也冷静自持："哦，是吗？即便杀了她，你也不能全身而退。"

"我既入了宫，自然早就想过这一天了。"菱悦冷笑，"但我在死之前能拉一个垫背的，而且她还怀了你的孩子，也算让你尝过痛失骨肉和爱人的滋味了。"

景霄递给娄鸾鸾一个眼神，她立马会意，表现出一副悲戚的模样："恐怕你的希望要落空了，因为我并没有怀孕。"

菱悦像看笑话那般看着她："你以为我是傻子吗？这么好糊弄？"

"那日你下毒害我的时候，我假孕的事情便已经被皇上拆穿了，只是为了引出你，我才继续配合皇上。我已经犯了欺君之罪，即便死罪可免，活罪却难逃，还不如被你杀了一了百了。"

娄鸾鸾一席话让菱悦有所动摇，但她依旧紧抓着娄鸾鸾不放。

"宫中出了此等丑事，皇上岂能容我？你杀了我，不过是做了顺水人情。你明明恨极了他，最后还间接帮了他……"娄鸾鸾故意欲言又止。

菱悦已经心慌了，望向娄鸾鸾的肚子。

为证明自己所言非虚，娄鸾鸾握着拳头擂了下自己的腹部，看

229

得一旁的景霄眉头紧皱，薄唇紧抿。

娄鸾鸾冷静道："若我怀有身孕，岂会这样作践自己？孩子是母亲的心头肉，你看皇上也并不在意。"

景霄褪去眼底的心疼，变得寡决冷冽："若你自动认罪，朕还可饶你一条命。"

"认罪？"菱悦冷笑，"我何罪之有？我是凉国人，而不是你们云兴国之人。既然她没有身孕，那我杀不杀她也并没有什么关系，只不过多杀了云兴国的人。"

说着，菱悦便举起匕首。

眼前寒光闪过，娄鸾鸾闭上眼，心道：完了，这位刺客姐姐怎么一点也不按套路出牌啊。

下一刻，她只觉得身体一轻，天旋地转之间人已经被带到一旁，熟悉的味道充盈鼻翼之间，她惊魂未定地睁开眼睛，便见景霄紧紧地抱着她。

"没事，别怕，我在。"景霄轻轻拍着她的背。

"嗯。"娄鸾鸾抓着景霄的衣裳，从他怀中抬起头，看到一旁已经被重伤的菱悦，她的心情尤为复杂，既有一种自己逃脱升天的庆幸感，又觉得命不由己实在有些悲凉。

方才电光石火之间她反应不及，以为自己将要命丧细作刀下，也不知景霄到底是如何出的手，千钧一发之际将她救了出来。

"别看。"景霄不容置疑地捂住她的眼睛。

他已经许久没有大开杀戒了,在那细作挟持娄鸳鸯的一瞬间,他早就想将对方千刀万剐。谁也不知道他平静的外表下,心中的城墙早已坍塌。

"把她带下去。"景霄一字一句地命令,"看好她。"

景霄转身,刚想带着娄鸳鸯离开,忽然感觉耳边一阵风刮过,他心头警惕,猛地带着娄鸳鸯滚到一旁,就见一位御林军拔出长剑,直逼他而来。

娄鸳鸯一惊,瞬间明白过来,原来菱悦不过是障眼法,真正刺杀景霄的另有其人。她就知道,凉国怎会那么粗心大意,只派一个细作过来……

这一刻,娄鸳鸯脑海中只有一个想法,那便是不能让景霄出事,他是一国之君,云兴国不能没有他,他还是……

还是她所珍惜的人。

寒光闪过,只听"刺啦"一声,景霄目眦欲裂地看着那把剑直直刺入娄鸳鸯的身体。

"鸳鸯。"景霄惊怒,竟不顾危险一把握住刀刃。娄鸳鸯看着他鲜血淋漓的手,眼泪"唰"地落下。他是堂堂帝王,却为了她空手接白刃。若对方直接抽剑,他这双手便废了。

就在这千钧一发之际,一把剑倏然刺向凉国细作,那细作身形一闪往后退,躲开了这一击。

娄鸳鸯握住景霄的手,心疼得不行:"给我看看您的手。"

景霄却不顾自己，上下检查她，见她的伤口处并没流血，松了口气："你可好？"

"我没事。"娄鸯鸯从里衣中掏出一面破碎的镜子，"幸亏它护住我了，否则我真要一命呜呼了。"

娄鸯鸯看着远处缠斗的二人，问："那个人是谁？"方才若不是那人及时出现，自己和景霄性命堪忧。

"是我四弟。"景霄眸子微眯，寒气森森，"凉国欺人太甚。"

景霄起身，捡起地上的剑，一字一句道："护好晨妃。"

"是！"御林军齐刷刷道。

景霄正欲走，被团团护住的娄鸯鸯担心地叫住他："您也……保护好自己。"

闻言，景霄递给她一个安抚的眼神，再转身时神色肃杀，目光冷厉。

这一日，素日平静的月牙池死了两个人，一男一女，皆是凉国细作。

听说那两个细作武功高强，以皇帝景霄平日里严谨的个性，定会留他们一条性命，找出帮他们藏身在皇宫中的幕后黑手，但那日景霄大发雷霆，竟是丝毫没有手软。

宫中有传言说，他这是怒发冲冠为红颜，有人伤了他心爱的妃子，他怎会容忍，当然恨不能将那细作剁成肉酱。

凉国细作之事尘埃落定，但娄鸯鸯的晨曦宫却不太平，因为她假孕的事情尽人皆知，再也瞒不住了。

早上第一个上门来"质问"她的便是她的姐妹团,文妃、丁嫔以及许嫔。

面对众姐妹责备的眼神,娄鸾鸾只能实话实说。

仔细听了事情的前因后果,文妃、丁嫔等人才原谅她,但文妃却颇为担忧:"若太皇太后知道妹妹你假孕的事情……"

丁嫔大大咧咧惯了,说话直来直去:"就是啊,之前太皇太后奇珍异宝一箱箱地往你这儿送,结果希望落了空,她老人家肯定很生气,姐姐你完蛋了。"

许嫔忙安慰娄鸾鸾:"姐姐不用怕,先不说你救了皇上一命,再则姐姐你是为了太皇太后的身体才假孕,若太皇太后追究,皇上定会保护姐姐。"

知道娄鸾鸾并不是真怀孕,太皇太后的确既失望又生气,但听闻晨曦宫外发生的惊魂之事后,那股子气早就化成了对两个人的担心和后怕。

只是,太皇太后觉得他们二人的关系发展得实在慢了一些,再让他们这样细水长流下去,她要什么时候才能抱上皇曾孙。活到这岁数了,她也不盼其他的,就盼着自己的孙儿能替云兴国开枝散叶。

为此,太皇太后左思右想,想到了一个十分简单粗暴的办法。

寻了一日,太皇太后召景霄和娄鸾鸾过去说说话,可等两人到了永和宫后,却被一群嬷嬷锁在了一间亮堂的大屋子中。屋子富丽堂皇,中间的一张床大得惊人。

第十一章

此生有你才刚好

"太皇太后这是做什么?"

娄鸾鸾不解,她环顾四周,屋子里点着檀香,青烟袅袅,风吹起床帐,缥缈得如天上的云。听到门外的动静,她疾步走过去,却听到门从外被反锁的声音。

"他们要把我们锁在这里?"娄鸾鸾大惊失色,忙去推门,可为时已晚,外头的脚步声逐渐远去。

娄鸾鸾徒劳无功地推了几下门,无果之后,一脸无奈:"太皇太后为什么要把我们关在这里?"

景霄心知肚明,却不点破,皇祖母现在什么都不求,求的只是皇曾孙,你说她想做什么呢。他虽然高兴于和娄鸾鸾独处,但更想要她心甘情愿。

好在,景霄并不愚钝,他故意装傻:"许是我们欺骗了皇祖母,她生了气,又不忍心重罚我们,所以将我们关在这里闭门思过。"

"这样啊。"娄鸾鸾松了口气,"那就好。"

其实"怀孕"的事情被拆穿后,她就想了无数种办法想去向太皇太后认罪。只是每次踏出晨曦宫,她又懦弱地缩了回去:一则是怕太皇太后在气头上,不原谅她;二则,她也不想看到太皇太后失望的目光。

"那我们现在怎么办?"虽然她接受惩罚,但她不知道自己和景霄要在这里待多久。既然是惩罚,不可能惩罚半日就放他们离开,而且最重要的是,这里只有一张床。

作为一个妃子,她绝不可能让堂堂的皇帝打地铺,那只有她委屈将就一下了。

许是猜到娄鸢鸢心中所想,景霄笑了笑:"你睡床。"

娄鸢鸢微愣,旋即拒绝:"还是您睡床。"

就是给她一百个胆子,她也不敢独占一张床,把他一个人晾在一旁,除非她不要这颗脑袋了。

门关着,他们无法出去,好在屋子里有许多书籍,两人各自捧着一本书,坐在一旁,就着外头的日光看书。

娄鸢鸢看累了,不经意间一抬头,入目的便是景霄安静美好的侧脸,他的睫毛纤长秀美,阳光如金粉洒落在他的睫毛上,他轻轻一眨眼,她的心也随之起了涟漪。

"看书,别看我。"景霄低沉的嗓音冷不丁传来。

娄鸢鸢吓了一跳,连忙做镇定自若状,但粉霞早已铺满了她的面颊。

在她低头时,景霄已经抬起头,原本淡定的俊颜染了几分红霞,

他定定地看着她"含羞带怯"的模样,嘴角微扬,旋即轻轻摇了摇头。

两人看书看得忘我,一转眼,夜幕降临,夕阳早已落下,月光已慢慢盈满窗子。景霄点了灯,屋内亮堂一片,烛火映照着他的面容,竟也让娄鸾鸾想到了岁月静好。

"咕噜噜……"

突兀的声音打破了屋内的静谧,景霄垂眸望着娄鸾鸾。

娄鸾鸾摸了摸肚子,不好意思地一笑:"我有点饿了。"

"我也是。"景霄实话实说,"这还是我第一次……"不,这不是他第一次尝到挨饿的味道,很久以前,他也饥肠辘辘过,不过那时候,有人"救济"了他。

那人便是娄鸾鸾。

只可惜,她已经不记得了吧。

两人刚说饿了,门外传来响动,接着大门"嘎吱"一声打开,李嬷嬷提着食盒进来。李嬷嬷跟在太皇太后身边多年,连景霄都要敬重她几分。只见她和蔼一笑,说道:"皇上、晨妃娘娘,太皇太后让老奴给你们送晚膳。"

娄鸾鸾递给李嬷嬷一个微笑,接着拼命给景霄递眼神。景霄会意,正色道:"李嬷嬷,皇祖母要关我们多久?"

"这……"李嬷嬷打太极,"老奴也不得而知,您如果渴了饿了,尽管吩咐。"说完,她便退了下去。

娄鸾鸾打开食盒,将吃食放在案几上。

虽然太皇太后在"惩罚"他们，却并没有亏待他们，吃的也是珍馐美食。娄鸢鸢正饿着，食指大动，但见景霄没开口，她也不好意思先吃。

"吃吧。"景霄说道。

"嗯。"娄鸢鸢点了点头。

娄鸢鸢吃饱后有些犯困，但屋子里还有景霄在，她不敢松懈，一直挺直脊背坐着。

瞧着她一副强撑着的模样，景霄好笑之余也有些心疼："你困了就先去床上睡吧。"

"我不困。"她睁大眼睛。

景霄见软的不行，索性来硬的："我命你现在就去睡觉，否则出去以后，我打李友病二十大板。"

"遵命。"为了李友病的小命，娄鸢鸢只好答应。

瞧见娄鸢鸢沉沉睡去，景霄才长长地叹了口气，颤抖着手拭去面上的汗水，一脸无奈又好笑："这皇祖母也真是……"

门外，太皇太后正踮着脚，小心翼翼地探头往房内望，一旁的李嬷嬷扶着她，又要担心被里面的二人发现，两个年过半百的人这副模样，当真好笑得很。

听了半天，见里面没动静，太皇太后一脸奇怪："怎么都没声音，是不是你放的东西太少了？"

李嬷嬷赶紧摇头："奴婢都是按您说的办的。"

"那就奇怪了。"太皇太后喃喃,"那他吃下去后,不应该是这模样啊,怎么都没动静呢……"她似乎想到什么,面色瞬间变得苍白,"李嬷嬷你说,霄儿该不会是有什么隐疾吧?"

闻言,李嬷嬷面色"唰"地一变,忙道:"我的太皇太后哟,您怎么可以这么想,咱们皇上可是身强体健,肯定什么问题都没有。"

太皇太后却拼命往死胡同里钻:"如果没问题,那这么久以来,后宫怎么都没好消息传来?之前鸾鸾怀孕,我还以为是真的,结果害我白高兴一场。而且霄儿除了去晨曦宫外,很少踏入其他嫔妃宫中,你说他不是有问题是什么?"

虽然太皇太后说得很小声了,但景霄练过武,耳朵比常人灵,这些话一字不落地钻入了他的耳朵。

他又好气又好笑,这皇祖母"算计"他不说,现在还怀疑他,他真是有苦说不出。

听了半天也没听到什么动静,太皇太后最终作罢,很是伤怀地回了寝殿。

景霄听外头没了声音,长舒一口气。

他只是不想出去罢了,凭外头那些锁,怎么可能挡得住他。

等体内的那阵异样感觉褪去后,他起身来到床边,温柔地看着睡得四仰八叉的娄鸾鸾。

"今天我可是因为你,背了个好大的误会。"景霄俯身,替她盖好被子,"罢了,以后再找你算账。"

翌日晨起之时，太皇太后吩咐李嬷嬷将门锁开了，放他们离开。

娄鸾鸾"失踪"一整晚，匆匆回到晨曦宫，一路都在斟酌如何与宝儿他们解释。可到了宫门口，看他们闲聊的闲聊，吃东西的吃东西。

这种情景，好像有点似曾相识。

娄鸾鸾欲哭无泪，他们一点都不担心自己吗？

"假孕"和刺客事件都尘埃落定，娄鸾鸾依旧忙碌于心病医馆的事情，现下医馆多了不少帮手，丁嫔、许嫔、文妃都是她的得力助手，后宫很多人也慕名而来。在她的管理下，后宫芝麻绿豆的争夺之事少了许多，气氛变得无比和谐。

这一日，娄鸾鸾前去文妃宫中对病历，刚走到御花园，一条三角花纹的小蛇从花丛中蹿了出来，径直朝她而去。

一阵清风从耳边刮过，娄鸾鸾倏地瞪大眼睛，原本吐着芯子的毒蛇早已断成两截，落在地上奄奄一息，忽然有一只手轻轻拉着她，带她远离这恶心且恐怖的一幕。

"你可还好？"清风般的声音传来。

娄鸾鸾回过神来，认真打量眼前的人，来人一袭淡雅长袍，掩不住他出尘如莲的气质，他眉眼如山黛，眸子似清溪，眼中含着三分担忧。

"四王爷。"娄鸾鸾惊道。

景墨收起手中的短剑，作揖："景墨见过皇嫂。"

一声"皇嫂"喊得娄鸾鸾面红耳赤，她垂眸看了一眼地上断成两截的毒蛇，庆幸之余又觉得后怕。如果她刚刚被咬到的话，现下估计已经毒发身亡了吧。

"多谢四王爷救命之恩。"娄鸾鸾福了福。

"举手之劳，不足挂齿。"景墨道。

两人正说着话，忽闻有脚步声响起，两人齐齐望去，便见景霄负手走了过来，他面带笑容，步伐稳重。走近后，他先是看了一眼娄鸾鸾，一旁的陈公公惊叫："蛇、蛇、蛇。"

看见那被斩断的毒蛇，尾巴还微微抽动，陈公公怕得不行，但也警惕，这御花园日日都有专门的宫女、太监打理，这毒蛇是从哪儿来的？

显然，景霄也注意到这问题，他沉声对陈公公道："去查一下。"

"是。"陈公公领命下去。

陈公公走后不久，景霄才对娄鸾鸾道："你没事吧？"

"我没事，多亏四王爷救了我。"娄鸾鸾心有余悸。

"四弟，我又欠你一次。"景霄说，"我本想去皇祖母处，与她商量该赏赐你一些什么，可你素来深居简出，不喜那些俗物，倒让我很难办。"

景墨顿了顿，突然一撩袍跪下，景霄蹙眉问："四弟，你这是做什么？"

"皇上,臣弟此次进宫,其实是有一事相求。"景墨的目光落在娄鸾鸾身上,"臣弟听闻晨妃娘娘会解人心结,能治心病。臣弟的母妃心病又犯了,且这一次比之前的任何一次都来得严重,她已不吃不喝两三日。她年纪也大了,臣弟也是无计可施才斗胆恳求您。"

"你想让晨妃替周太妃治病?"景霄不动声色道。

景墨磕头:"母妃病得痛苦,臣弟看得不忍,求皇上恩准。"

一旁的娄鸾鸾一动不动地看着景霄,于情,四王爷刚刚救了她一命,加上上次刺客之事,四王爷也算是他们二人的救命恩人,无论如何,他们都必须答应这一请求;于理,她做不到眼睁睁看着别人被心病折磨而亡。

"皇上……"

几乎是娄鸾鸾一开口,景霄便道:"自周太妃随你住在府中后,我也许久没见她了。幼时承蒙周太妃照顾过一阵子,于情于理,我都应该去看看她。四弟,你也是,周太妃如此,你却什么都不说,若留下遗憾,看你该如何。"

景墨松了口气:"臣弟知错了。"

周太妃的病耽搁不得,为避免人多口杂,景霄和娄鸾鸾谁也没通知,直接同景墨一道去了四王爷府。

四王爷府素雅清净,没有其他王公贵族的奢华,一路走来,娄鸾鸾的目光在府邸的小桥流水、亭台楼阁掠过,只见处处精致,看得出主人的精心规划。

周太妃的病十分严重,她先前受过惊,所以比平常人敏感许多,一有风吹草动便心悸不已,夜不能眠,长此以往下去,人便形容枯槁,精气神都没了。

娄鸾鸾从宫里带了几服药出来,但这些药不过是补气养神,并无特殊之处,最重要的是,还需解开周太妃的心结。

娄鸾鸾与周太妃促膝长谈一番。熬到这岁数,她唯一的依靠便是景墨,而她每日惶惶不安的便是自己的儿子哪一日会弃她而去。虽然景墨再三保证他不会这么做,但她始终不相信。

思及此,娄鸾鸾连连摇头,周太妃的病症已经超出她的能力范围,只有一个人能救得了周太妃,那就是她的师父黎语。

两人在四王爷府待了一日,夜幕降临后,娄鸾鸾想回屋找景霄,想求他命人帮着找找她师父。可她在屋子里找了一圈,也没看到人。

景霄人呢?

正当她疑惑不解的时候,身后传来脚步声,一道黑影慢慢靠近她,她吓得瞪大眼睛,刚想尖叫,一只大手快速捂住她的嘴。闻到熟悉的气息,她将尖叫压了下去,"呜呜"了两声。

是景霄,他为什么要偷偷摸摸的?

"别出声,是我。"如她所想,景霄开口了。他放下手,压低声音道,"情况有异,我们走。"

瞥见景霄面色很是凝重,娄鸾鸾心中有些不安:"发生什么事了吗？"

"你跟着我走便是。"他紧紧握住她的手，"抓紧我的手，一刻都不要离开我，懂吗？"

"嗯。"她虽然不懂到底怎么了，但下意识地信任他。

景霄拉着她，在黑暗中快速穿梭。快到四王爷府门口的时候，娄鸾鸾松了口气。她轻轻推开门，迎接他们的却是一群身披铠甲、全副武装的士兵。士兵们手里举着火把，一脸肃杀地看着他们。

而在士兵的正中间，站着同样身穿铠甲的景墨，他一改之前云淡风轻的模样，像变了个人似的，看起来十分奸恶。

娄鸾鸾先是震惊，但又很快想明白了一切。

其实这一切在意料之外，又在情理之中，从一开始，景墨便在计划这一场计谋了。那天的凉国人是他安排进宫的，而在宫中刺杀景霄的人，也是他指使的。当然，他不必亲自动手，只需挑拨几句，便引得刺客替他卖命，接着，他再出现，做了顺水人情，救了景霄一命，让景霄和娄鸾鸾误以为他是忠心耿耿之人。

娄鸾鸾质问："御花园的毒蛇是你放的吧？"

景墨并不否认："不错，是我放的，为此我还费了不少劲。"

"你这么做，可想过周太妃？"娄鸾鸾想到那张苍白惊恐的面容，一阵心酸，也终于明白她的病因从何而来，"我想，周太妃这心病也不是凭空而来的吧，肯定是某一天不小心听到或者看到你想弑君夺皇位的计谋，从此便受了惊吓，或许你还威胁过她。当然，你不

244

会丧心病狂地杀了自己的母亲,恰恰相反,你利用她这个病,将她打造成一颗棋子,引诱我和皇上过来。"

景墨笑了笑:"你真的很聪明,可惜了。"

娄鸢鸢其实很紧张,她聪明又有何用,现在的情况很明显,她和景霄被一群逆贼重重包围,而他们出宫也没告诉谁,根本没人知道他们在这里。到时候景墨杀了他们,再将他们扔到荒郊野外,随便找个理由,他便可顺理成章地登上皇位。

景墨的目的就是要弑君,要用鲜血来换取皇位,就是要让所有人臣服在他的铁血手腕之下。

手微疼,娄鸢鸢抬头,恰好景霄低头,两人四目相对,景霄握紧她的手,低声道:"相信我,我不会让你受到半点伤害。"

她心猛地一颤,不知为何,一股冲动涌上心头。她眼眶发热,心里潜藏已久的情绪爆发。就在这一瞬间,她发现了一件事,她喜欢上了景霄。

不,是爱。

娄鸢鸢反手握住景霄的手,他愣了下,旋即微微一笑。

看他们死到临头还在眉来眼去,景墨颇有些不快。他并不打算杀了娄鸢鸢,相反,他想要娄鸢鸢,漂亮的女人不少,可漂亮又聪明灵动的女人却不多。等他完成大业后,他便可以好好享受她的有趣了。

只是景霄……

景墨眸光染上嗜血的光芒，所有人都可以留，但景霄和赵易非杀不可。在这之前，他已经派了无数死士去解决赵易，甚至他还和凉国合作，只希望砍断景霄这一条手臂。

不久前，死士带回了赵易和茶朦朦的人头。赵易一死，他便无所顾忌了。

"皇兄，你别怪我。"景墨道，"是你不够狠。"

他一步步逼近景霄。

景霄只将娄鸳鸳护在身后，眉宇之间却没半点惧意。看着如此镇定自若的景霄，娄鸳鸳急躁的心又慢慢释然了。

如果一切朝着最糟糕的方向发展，如果景霄死了，她也会陪他一起死。

"我怪你做什么？"景霄呵呵一笑，"怪你等不及暴露自己，还是你在最后时刻还肯叫我一声皇兄。"

"你这是什么意思？"景墨警惕地看着他。

"赵易死了，对吗？"还不等娄鸳鸳倒抽一口凉气，景霄又补充道，"你就这么确定他真的死了，带回来的人头真的是他的？"

"他没死？"景墨呵了一声，"不可能，他肯定死了。"

"是，他的确死了，但也死而复生了。"景霄默默道，"在他们离开的时候，就已经带了假死的药，你们砍下的人头，不过是我们做的一场戏罢了。景墨，你输了，你输在太过自大，太过急躁。"

景霄的话音刚落，远处便传来铁蹄声，声声震耳欲聋，连大地

都微微颤动，远处的树叶扑簌簌落下。景墨回头一看，顿觉心神俱裂，赵易身披铠甲，如战神一般降临，而他身后是浩浩荡荡的军队。

虽然景墨手下的士兵训练有素，但蚍蜉撼树，即便是训练有素的士兵，也比不过赵易率领的十万精兵，这场仗根本打都不用打，他已经输得彻底。

"臣救驾来迟，还请皇上恕罪。"赵易跪在景霄面前。

"你来得还不算太迟。"景霄淡淡道。

这一场造反，来得急，去得也快，本来娄鸢鸢以为这是一场不可避免的血雨腥风，但奇怪的是，这场叛乱里没一个人伤亡，四王爷景墨被赵易带走，打入天牢。

离开之前，景霄让人将周太妃带进宫。

娄鸢鸢十分紧张，虽然她知道景霄是什么样的人，但祸不及家人，周太妃并没有错。周太妃错就错在，没能劝阻制止自己的儿子，而是选择了逃避，因此她也付出了代价。

"你放心，我不会杀周太妃。"景霄顿了顿，又补充道，"我也不会杀了景墨。"

一切尘埃落定后，娄鸢鸢去了一趟含凉殿。

关于景墨的下场，其实她不必问就知道了。虽然景霄不会杀了景墨，但景墨这辈子也别想重得自由了。她只想知道一件事，景霄如何安顿周太妃，以及她想告诉他一些话。

此时，景霄正在专心致志地看奏折，一抬眼，便看到娄鸾鸾。她也不说话，就这么安安静静地站着，像一株素雅的木槿。

"你怎么来了？"景霄放下奏折，起身走向她，"不是让你好好休息吗？"

"我没事。"娄鸾鸾笑了笑，"只是受惊而已，没有那么脆弱。"

"对不起。"景霄眼底染满愧疚，"我不该一而再再而三地让你置于危险之中。但我……"

"但你会不顾一切救我，可以为我付出性命，而我也一样。"娄鸾鸾看着他，一字一句道，"刚开始的时候，我真的很怕你，甚至想一辈子躲着你。我不喜欢当妃子，我甚至还天真地以为自己还有出宫的机会。

"但慢慢地，我发现一切变得不一样了，我好像不再害怕你，不再想躲着你，反而想经常看到你。只是你的身份让我不敢直视自己的心，我只能告诉自己，我根本不喜欢你，你也没有喜欢我，只是看我好玩，逗逗我罢了。可那天在晨曦宫外，你毫不犹豫地用手替我挡剑，那一刻我便肯定了一件事。"

"肯定了……什么？"景霄定定地看着娄鸾鸾，心跳得飞快。

"我喜欢你。"

景霄顿觉如坠云雾，身子轻飘飘的。他愣了许久许久，久到娄鸾鸾以为他在发呆时，他突然欣喜若狂地握住她的肩膀，喜不自胜："你说的是真的吗？我没听错吗？你再说一遍。"

"我喜欢你。"她鼓足勇气说出了心声,正视着他的眼睛。

"娄鸾鸾。"他轻轻将她拥入怀中,叹息一声,"你知道你让我等了多久吗?你知道你让我踌躇了多久吗?"

"踌躇什么?"娄鸾鸾不解。

景霄低头看她:"怕靠你太近,你会躲着我;怕离你太远,你又与我疏离。我处理过各式各样棘手的事情,而关于你的事是最让我头疼和难办的,我甚至不知道该拿你怎么办。"

娄鸾鸾笑了笑:"我也是。"

不由自主地将一人放在心上的时候,总是会患得患失,想得多、思得多,越是喜欢,便越是在乎,她以前不懂,现在懂了。

爱一个人,便拥有了铠甲,也拥有了软肋。

功夫不负有心人,在景霄的"大海捞针"下,娄鸾鸾终于找到了自己的师父黎语。黎语作为上宾被迎入宫中,景霄还特意让人收拾了一个宫殿让黎语住下,但黎语死活不肯,只想和她的小徒弟娄鸾鸾住一起。

为此,景霄心中五味杂陈。

宫里许多人都在猜测这美艳的女子究竟是谁,甚至有人传言这是皇上的新欢,以后宫里可能又要多一个妃子。这话也传到黎语和娄鸾鸾耳朵里,两人哭笑不得。

黎语说:"虽然你的皇帝夫君长得也很好看,但我心中已有所属了。"

娄鸢鸢难得好奇："是谁？是谁？"

黎语见四下无人，偷偷将她拉到身边："我问你哦，你知道一个叫娄楚怀的人吗？你姓娄，他也姓娄，我第一眼看到他的时候，就觉得你们长得有些像。不过大千世界无奇不有，万一只是巧合呢？你可不知道，这人太没良心了，我好不容易救了他，结果他二话不说就走了。我找了他那么久，也不知道他在哪儿……"

"小徒弟，你去干吗？"黎语见自家徒弟在柜子里捣鼓，好奇地凑了过去，待看到娄楚怀的画像后，吃惊之余却是了然。

"你们果然是兄妹。"黎语一笑。

"师父。"娄鸢鸢泪光闪闪，"你能不能和我说说我哥哥的事情？"

"好。"黎语点头，将一切细细道来。

治好了周太妃的心病后，黎语便又整装待发，准备出宫去找娄楚怀。娄鸢鸢为她准备了许多东西，并将一枚玉佩交给她："师父，这是我和哥哥从小戴在身上的玉佩，如果你找到他，可不可以让他回家一趟，就说鸢鸢很想他。"

"一定会的。"黎语点点头，"你在宫里照顾好自己，等师父找到你哥，一定把他带到你面前，到时候你要打要骂都随你便。"

娄鸢鸢被她逗得"扑哧"一笑，冲淡了几分离别的愁绪。

娄鸢鸢是巧合之下遇见黎语的，这个人好像知晓世间万物。黎

语收她为徒,传授她医心之术,教了许多她之前从未听过的事情,两人似师徒又似姐妹。

可她这师父来去就像一阵风,也不知道这一别什么时候能够再见了。想到这些,娄鸢鸢连日来的情绪都有些颓靡。

为了让她开心一些,景霄带她回了一趟太傅府。

看着熟悉的漆红大门,过往的记忆涌上心头,娄鸢鸢吸了吸鼻子,上前敲门。

很快,里头传来一道略微苍老的声音:"谁呀?来了来了,别催别催。"说着,脚步声渐行渐近。

娄鸢鸢的心跳得飞快,等大门"嘎吱"一声开启,她原本慌乱的心倏然平静下来,仿佛一切都回到了原点。

她还是娄府让大家都头疼的小幺,他们也都在原地等着她回家。

门一开,管家看到娄鸢鸢,顿时愣在原地,接着老泪纵横,一副不敢置信的模样:"小姐,您怎么回来了?"

"陈管家,"看到熟悉的人,娄鸢鸢的眼泪再也止不住了,"啪嗒啪嗒"地往下掉,"爷爷、阿爹娘亲他们在吗?"

"在在在。"陈管家激动得连手都在微微颤抖,"小姐快进来。"

他们二人的到来让太傅府上下忙成一片,老太傅亲自出来迎接景霄。看到昔日翩翩少年已经长成一个沉稳、喜怒不形于色的帝王,老太傅心底十分欣慰。

娄鸢鸢许久未归,和娘亲有许多贴心话要说,母女俩关在屋中说话。

另一端，景霄和老太傅坐着品茶聊天。

"鸾鸾性子不稳，在宫中承蒙皇上照顾了。"

老太傅白发苍苍，精神尚好，口齿也还清楚，只是到底岁月无情，五年过去，他还是苍老了不少。

"这是我应该做的。"景霄替他斟茶。

老太傅并没有拒绝，反而欣慰地看着景霄。景霄能身居高位而不忘本，也没将他这老头子抛到九霄云外不管不问，算是有情有心了。

"我这孙女呀，从小就很调皮，她爹娘惯着她，但凡她要什么，他们都会想方设法弄来，甚至她那个大哥，对谁都冷冷淡淡的，唯独对她言听计从。就是因为他们宠惯了她，所以让她养成了这无法无天的性子。"

老太傅嘴上说着责备娄鸾鸾的话，眼底却满是宠溺和骄傲："她虽然鬼精灵，却也不是一个骄纵任性的孩子，会体贴人、照顾人。在这府邸里，就数我对她最严厉，我以为她会怪我，但这孩子为了我的生辰，偷偷溜出家门去找什么礼物，结果路上遇上了人贩子，差点就丢了。你说说，这孩子是不是让人又爱又气。"

景霄轻轻点点头，眸光含笑："是。"

"你还记得被她压断腿的事情吗？"老太傅笑道，"当时她可害怕担心了，我叫她不要去打扰你，可她夜夜睡不好，担心你的腿

以后不能走路了。她还跟她娘亲说,如果你以后走不了路,她就不嫁人,照顾你一辈子。"

"她真这样说过?"景霄诧异。

老太傅点点头:"其实她进宫我也担忧得很,她向来心直口快,我怕她适应不了后宫生活。"

"老师,我会保护好鸾鸾。"景霄一字一句道。

娄太傅看着他,接着意味深长一笑:"我相信你。"说着,他拿出棋盘,"五年过去了,看看你的棋艺进步了没有?"

景霄笑了笑:"好。"

娄太傅年纪大了,下了几盘棋便有些疲累,他不再打扰,一个人背着手在院子散步。走着走着,他的目光和脚步都停在了院中央的那棵树上。

五年过去,这棵树一如往昔,没有丝毫变化。他仰头望着树梢,阳光从树叶缝隙落下,洒落在他身上,他似乎又看到树上站着娇俏的娄鸾鸾,此时此刻正嚣张地看着他。

她问:"你是谁,怎么会在我家?"

他兀自想得出神,下一刻,一双手蒙住了他的眼睛,那手柔软冰凉,带给他一阵战栗感。

"猜猜我是谁?"娄鸾鸾难得调皮。

"猜不出来的话有惩罚吗?"他笑问。

"那就罚你爬到树上去。"娄鸾鸾故意道。聪明如他,怎么可能会猜不出来，他是故意逗她呢。

"好。"几乎是话音刚落下，他突然转过身，一手揽着她的腰肢，一瞬间的工夫，他便抱着她稳稳跃到树上，她吓得紧紧抱住了他。

"你干什么？"她完全没有准备，看着下方，腿都软了。

景霄扶着她，揶揄道："不是你说的，如果我猜不出来的话，你就罚我爬树吗？"

见他倒打一耙，娄鸢鸢好笑："我是让你一个人爬树，你怎么把我也带上来了。"

"站得高，看得远，而且你以前不是最喜欢爬树吗？我们第一次见面，也是在这棵树面前。"景霄娓娓道来。

娄鸢鸢极目远眺，远处的云层层叠叠，阳光洒在云层上，好似给它们镶上了金边。院子中有一池水，里头的红鲤正游得欢。

她看着看着，模糊的记忆慢慢涌上心头，那些支离破碎的片段中，似乎有一道修长挺拔的身影逆光朝她走来，接着景霄仰起头，神色平静地看着她。

景霄指了指树梢，回忆当年："当时你穿着一袭粉色裙子，很是骄傲地立在树上，看到我来，一副兴师问罪的模样，好像一个占地盘的小兽，而我闯入了你的地盘。"

"我有那么咄咄逼人吗？"娄鸢鸢反问。

景霄但笑不语，径直坐下。这棵老树年岁已久，有些树枝足有一脚宽，坐上去十分安稳，见他坐下，她也跟着坐下。

他好笑地瞥了她一眼，问道："你看过那么多话本，那知不知道救命之恩要以身相许的道理？"

"我当然知道了。"她刚说完，立马警惕地看着他，生怕他又给她下套，"你为什么这么问？"

"你莫不是忘了当年的事情？"他指了指头顶，"那时候你差点被藏在树上的毒蛇咬了，是我砸死它，救了你一命。"

娄鸾鸾轻咳一声，死不认账："反正我不记得了。"

"耍赖。"他就知道她会这么说，"你还和你娘亲说过，你把我的腿压断了，心里愧疚，要照顾我一辈子……"

娄鸾鸾懊恼不已，她小时候这么口无遮拦的吗？怎么什么话都敢往外说。

"君子一言，驷马难追。"景霄看着她，"娄鸾鸾，你想食言吗？"

她本想反驳，转念一想又道："我哪里食言了，我现在是你的妃子，不是已经以身相许了吗？"话一出口，她就后悔了。

大意啊大意，明明她已经很小心了，结果还是着了他这老狐狸的道。

明白过来，娄鸾鸾恼羞成怒，想要下去，结果一看高度，顿时偃旗息鼓。不过样子还是要做的，她两只手抱着树干，战战兢兢地往下爬。

结果景霄不仅不阻止，反而任由她往下爬。他靠着树干，屈起腿，一只手闲闲地搭在膝盖上，眼底眉梢满是愉悦。

娄鸾鸾气不打一处来，忽然脚下一滑，差点摔下。下一刻，景霄如闪电般抓住她的手腕，将她往上一提，牢牢地抱在自己的怀里。

她从惊吓中回过神来，挣扎着想从他怀里挣脱开来，他淡淡地威胁："你再动的话，到时候我们两个人就一起摔下去了。"

在太傅府吃完饭，景霄说带娄鸾鸾去一个地方。

娄鸾鸾被他牵着往前走，暗自腹诽：怎么他对自己家比自己这个主人还要熟悉？

"你要带我去哪儿？"她好奇道。

景霄头也不回："去了就知道了。"

景霄带娄鸾鸾来到太傅府的东厢房，这儿是招待贵客的地方，一般人还没资格踏进这里。

景霄推开门，厢房内一应俱全，打扫得干干净净，墙上挂着一幅山水图，水墨丹青煞是好看。景霄掀开竹帘，熟门熟路地走到床榻边，弯腰从里面取出了一个盒子。

"你在我家藏了东西呀？"她凑过去，"这里面装的是什么？"

景霄但笑不语，将盒子递给她。

她不明所以地接过，又问："给我的？"

他抬了抬下巴："打开看看。"

闻言，娄鸾鸾狐疑地打开盒子，里面是一沓发黄的纸张，还有一些小玩意，有竹蜻蜓、鱼钩、一截刻坏的木头、一个干透的泥娃

娃……

"这是?"她不解。

"这都是你玩过的小玩意,这竹蜻蜓是你做的。当时你因为偷偷做竹蜻蜓被你爷爷好一顿责骂,说你不务正业,整日调皮捣蛋,你还特意跑到我这儿来哭诉。"

他修长的手指捏起那一截刻坏的木头:"你说你要刻一匹马送给我,结果刚刻你就不小心把手指头划破皮了。当时你哭得惊天动地,害他们以为我欺负了你,还有这干透的泥娃娃……"

他每捡起一样小玩意,便能将往日的情景一一复述,仿佛这些刻在他的脑海中一般。

娄鸾鸾摊开那些纸张,上面都是她练的字,刚开始的时候那些字和狗刨一样,难看得紧,越往后翻,字体越来越娟秀,不再张牙舞爪。

她翻开一张纸,顿时面红耳赤,原来上面画了一只乌龟,乌龟壳上写了一句大逆不道的话:景霄是千年王八。

见她一直盯着其中一页看,他好奇地凑过去看了一眼,接着无可奈何一笑:"当时你不好好练字,我就不让你吃你最爱吃的桂花糕,结果你记恨我,画了一只乌龟诅咒我是千年王八……"

景霄看着娄鸾鸾一脸愧疚的模样,十分好笑。虽然她老是趁他不注意的时候,偷偷将毛毛虫放在他的书里;虽然她老是偷吃老太傅给他的补品;虽然她每次吃完油腻的东西,总是偷偷摸摸往他衣袖上擦。

但是，她也会在他睡着的时候，小心翼翼地替他盖上毯子；她也会在他睡不着的时候，偷偷溜进来给他讲故事，虽然她的故事又无趣又没什么内涵。

但是她对他的好，他都一一记着。

宫中不是没有感情，只是需要提防的太多、算计的太多，反而把最真挚的感情算计凉薄了，所以当他面对赤诚的娄鸾鸾，他交付了自己的真心。

因为他相信她不会害他，因为他相信，不管他是谁，她都会心无旁骛地对他好。

窗户没关紧，外头的风拂过，她手中的纸张散了一地。见状，她忙弯腰去捡，一只手却快她一步，捡起其中一张纸，笑了笑道："你还记得我在纸鸢上题的诗词吗？"

"记得。"她点点头。

"是什么？"他问。

娄鸾鸾想了想道："你在上面写了'愿得一人心，白首不相离'。"

他看着她，眼底似有光华流转，缱绻的温柔将她重重包围，让她再也无法挣脱开来。须臾，他继续收拾地上的纸张，收完后整整齐齐叠在一起，小心地装进盒子，再将盒子递给她："从现在开始，这盒子归你管。"

娄鸾鸾接过景霄递过来的盒子，仿佛接过了一颗沉重的真心。

天色已晚,娄鸾鸾依依不舍地离开太傅府,出来后一直心情低落。

景霄安慰她:"下次我们再来。"

"可以吗?"她眼底闪着泪花。

"当然可以,这里是你的家,也是我的家。"他一本正经道。

关于他们的过去,景霄其实记忆犹新,他和她的故事,不仅仅存在一个小小的盒子中。

五年前他在太傅府养伤的时候,因脚伤疼痛毫无胃口,半夜被饿醒,但他生性要强,也不愿麻烦太傅府的人,于是便自己拄着拐杖,一瘸一拐地朝厨房走去。

结果还没到厨房,他便看到一道娇小的影子鬼鬼祟祟地跑进厨房。

这个时间,太傅府的仆人也都睡下了,那粉色衣裙他再熟悉不过,不是将他腿压折的娄鸾鸾还能是谁?只是她大半夜不在房中睡觉,怎么会跑到这儿来?

无论她要做什么,他去一探究竟不就知道了。

换作往日,他完全可以悄无声息地接近厨房,让里面的人听不到动静,但他现在瘸了一条腿,无论再怎么小心翼翼都难免发出声音。

在他不小心踩到一颗石子时,正在厨房偷偷摸摸找什么的娄鸾鸾倏然回头,惊得头发险些竖起:"谁?"

"是我。"景霄开口。

看到是景霄,娄鸾鸾松了口气,拍了拍胸脯道:"原来是你呀,吓死我了。"

　　他觉得拄着拐杖和她说话有些不符合自己的身份，于是将拐杖放在一旁，靠在墙边，好整以暇地问："你半夜不睡觉，一个人偷偷跑到厨房来做什么？"

　　"我饿了啊。"她一脸郁闷，小圆脸皱成一团，"爷爷好过分，都不让我吃饱，说晚膳不能吃太多，否则伤胃。以后如果嫁到夫君家，夫君看到我吃太多，也会被我吓跑。"

　　她说完，又抬头寻求景霄的意见："你觉得我吃得多吗？"

　　她尚在长身体，身体还未开始抽条，身量矮小，不过到他胸膛前，此时她蹲在地上，更像一个可爱的白面馒头。他也不知道自己为什么会想到白面馒头，也许是他也饿了吧。

　　见她一副将哭未哭的模样，他也不好意思拆她的台，于是昧着良心说道："你吃得一点都不多。"

　　他的话给了她底气，她"嗯"了一声，终于找到志同道合的知己一般："是吧，我也觉得自己吃得不多，是我爷爷要求太高了。"

　　说完，她这才注意到他的伤脚："咦，你不好好在屋子里躺着，怎么跑到这儿来了？"

　　闻言，他侧过头，脸颊微红，却死鸭子嘴硬："我睡不着出来走走，听到厨房有动静，所以过来看看。"

　　"这样啊，可是你腿脚不便，还是少走动为好，万一以后落下残疾怎么办？"娄鸢鸢一边说，一边在厨房找吃的。

景霄一脸无奈，他脚瘸是因为谁，还不是因为她。

可惜她只顾着找吃的，完全不理会他。他单脚支撑着身体，受伤的那条腿隐隐作痛，不得已拉了一条凳子坐下。那端的娄鸢鸢突然"啊"了一声，接着捂着嘴，小心翼翼地捧着一个白面馒头，献宝似的递到他面前："我找到吃的了。"

看着那白胖胖的馒头，景霄默默地咽了咽口水，故作一本正经："嗯，找到就好。"

娄鸢鸢捧着馒头，正要一口咬下，突然听到一阵"咕噜"的声音，那是从景霄的肚子中发出来的。

景霄羞愤不已，轻咳一声想要掩饰过去："我困了，先回去了。"说着，也不等她反应，忙拄着拐杖，一瘸一拐地走回屋子。

在他将要睡下的时候，突然门被一只小手轻轻推开，接着一个小脑袋探了进来，一双大而圆的眼睛在夜色中带着小猫一般的狡黠可爱。

她小声问道："喂，你睡了吗？"

他坐起："还没。"

"没睡就好，那我进来了。"她一只手揣在怀里，另一只手提着裙摆，小心翼翼地走进来。

他抱着双臂，颇为无奈："你倒是大胆，如果让娄太傅知道你大半夜跑到我屋子来，他老人家非气坏不可。"

她眼睛滴溜溜一转："反正我不说，你不说，我爷爷怎么会知道，除非你出卖我,你会出卖我吗?"

那双眼睛太过澄澈,让人说不出一个不字来,他摇摇头:"不会。"

"那不就好了。"她笑了笑,"对了,我都差点忘记说正事了。这馒头,我们一人一半吧。晚上吃太多我怕第二天吃不下早膳,到时候被爷爷发现,他又要说教了。"

说着,她从怀里拿出一个油纸包。他看着她打开油纸,露出奇怪的白馒头,馒头被切了一个大口子,里面塞满了奇奇怪怪的东西。

她将白馒头掰成两半,将大的一半递给他,顺便自豪地介绍自己的杰作:"我刚刚在厨房发现了一些花生,还有一些小菜,有一次我哥哥带我出去玩的时候,我看到有人就是这么吃的,你尝尝看。"

在她的催促下,他尝试地咬了一口,第一口味道有些奇怪,但不知是不是饿了的缘故,他越吃越香,很快半个馒头便吃完了。

"好吃吧。"娄鸳鸳嘿嘿一笑,"下次我再弄给你吃。"

他"嗯"了一声。他从未想过自己有一天会和一个相识没多久的小丫头躲在房中像偷油吃的小老鼠一般,倒是有趣又新鲜。

不过,这也算是他的小秘密吧。

他抬头看着她,突然又好笑又无奈,偷吃还不擦嘴的小老鼠,说的大概就是她,不过吃了个馒头,弄得满嘴都是馒头屑。

他朝她招了招手:"过来。"

"过来干吗?"她不解。

他说话向来不容置疑:"让你过来就过来。"

她不解地挪到他身边,他又说:"把脑袋凑过来。"

娄鸾鸾越发不解了:"你到底要干什么……"话还没说完,她突然觉得嘴上一凉,她惊了下,下意识想要往后退,却被他一个眼神定住了。

"别乱动。"他用手指轻柔地抹去她嘴边的碎屑,末了收回手,一抬头便看到她瞪圆的双眸。她的瞳孔漆黑明亮,如同上好的玛瑙,而玛瑙里头,倒映的是他温柔的面庞。

温柔?

身为皇家子弟,从来不知道温柔为何物,即便有,那也只会在最亲近的人面前才会偶尔流露,而他为什么会对她温柔以待。

他心思百转千回,那端娄鸾鸾却好奇地盯着他看。

他被她盯得不自在,往后仰了仰身体,理了理衣裳,恢复了原本的淡漠:"你一直盯着我作甚?"

"你长得真好看。"娄鸾鸾喃喃道,"我一直觉得我哥哥长得好看,但是你比他更好看,好像画上的人一样。那句话怎么说的来着,陌上人如玉……公子、公子世无双。"

他勾了勾嘴角:"你害不害臊?"

"害臊什么,这是事实,要是你长得丑,我才不会夸你长得好看呢。"她鼻子一皱,哼了一声。

他不禁好笑。

她突然凑到他面前,过近的距离让他心跳忽地漏了一拍,他紧张地移开视线,掩饰心底的异样,强装淡定道:"你干什么?"

"那你觉得我漂亮吗?"她眨眨眼睛问道。

他静静地看着她。

宫中美女如云,而娄鸳鸳还未长开,说漂亮还言之过早,但她确实是美人坯子,漂亮的柳叶眉,圆而亮的杏眼,挺翘的鼻,薄薄的唇,一笑如桃花开满院子,让人心醉神迷。

他稳住心神,故意道:"不漂亮。"

"你说谎。"她并不满意这答案,"我哥哥说了,我是这世上最可爱、最漂亮的姑娘。"

他本想说,你哥哥那是在安慰你,结果话锋一转又道:"是吗?如果你是这世上最漂亮、最可爱的姑娘,那以后岂不是要嫁给世上最威严、最俊美的男子?"

结果一语成真,她果然嫁给了他。

从回忆中抽身,景霄紧紧握住了身边人的手,皇宫的红墙近在眼前,而夕阳把他们的身影拉得很远很远。能这样一直牵着她的手走下去,真好。

恰好娄鸳鸳抬起了头,明眸望进他的眼中,她温柔一笑,轻声道:"我们回家吧。"

家。

景霄品了品这个字,同样回以温柔一笑:"好,我们回家。"

一年后,草长莺飞。

年初刚被册封为皇后的娄鸢鸢见天气极好,便招呼了一大帮后宫姐妹在御花园放纸鸢。

宝儿和李友病看着她挺着个滚圆的肚子,还撒欢似的跑,心中除了七上八下,还是七上八下。

"我的娘娘,您悠着点,慢些跑。"李友病此时像极了老妈子,操碎了心。

景霄处理完政务过来时,看见这一幕,当即黑了脸:"娄鸢鸢,过来。"

如今被公认宠妻的景霄难得表情严肃,娄鸢鸢怕了,其他人也怕了,跪倒一片。

景霄捏着娄鸢鸢的鼻尖,刚想好要怎么说她,却见她抱着个肚子神情痛苦,痛苦之余还不忘气他:"您能晚些时候再罚我吗?我好像要生了。"

于是,后宫众人有幸围观了皇帝景霄的慌张模样。不过,景霄顾不上别的,光是听娄鸢鸢痛苦的号声,就足够让他心神慌乱。

娄鸢鸢这一号,足足号了一晚上,这期间景霄好几次想冲进屋里,都被拦了下来。

天将将亮时,一声响亮的啼哭伴随着晨光而来,紧接着就听见御医报喜:"恭喜皇上,是小皇子!"

　　景霄站在床前的时候,很是紧张。直到他把小小的婴孩抱在怀中,心中突然萌生了初为人父的喜悦。

　　娄鸾鸾被灌了好几碗参汤,虽然虚弱,但精神还算不错。景霄一手抱着孩子,一手擦着她额头上的汗。

　　"鸾鸾,谢谢你。"

　　谢谢你闯进我的生命,谢谢你让我拥有了世界上最美好的东西。

　　娄鸾鸾轻轻笑道:"儿子都给你生了,昨天那事,能不罚我了吗?"

　　景霄啼笑皆非,将她拥入怀中。怀中的奶娃娃不知道什么时候醒了,响亮的哭声打破两人之间温馨的气氛。

　　景霄这才意识到,自己好像多了个"小情敌"?

(全文完)